臺北女生

許菁芳

臺北女生

躺在沙發上聽了一個晚上的徐佳瑩。好久不關心臺灣流行音樂，徐佳瑩居然已經出到第四張專輯了。滿好聽的：不只是她仍然從詞曲間隱隱透出的才華洋溢，許多編曲也做得很有味道。讓人得轉過身去正面看著她，要看著她，專心聽她說故事那種引人入勝。

她出道的超級星光大道也就是我唯一追過的一季。看流行歌曲比賽不是我的嗜好，甚至本來是有點鄙視的。但其他朋友在學生會辦公室裡看了起來，我也從善如流跟著看——哎呀，好好看啊。立刻折服成戲迷。女孩們都非常喜歡李伯恩，林芯儀的臺語歌，一開口就征服所有南部小孩。我們跟著小胖老師、黃韻玲點評得頭頭是道。而親眼目睹、第一次聽見徐佳瑩的成名作《身騎白馬》，當然可以算是我們世代集體記憶之一了吧。沒有人能否認她那無法被錯認的才華和光彩，立刻就讓她變成她自己了。

五年後她累積了好多作品。Youtube 上的自動播放清單轉呀轉，一口氣轉了十幾首歌，貓咪都聽到睡著了。

徐佳瑩變得好像是臺北女生呀。畫了眼線畫了長長的睫毛，長長的腿長長的頭髮，在瀏海後抬眼靜靜定定地看著你。明明很在乎，但也知道在乎沒有用，誰在乎誰傷心，抱著這種心情進進出出感情間。在感情裡打死也不要吃虧。但真問她為什麼那麼怕吃虧，她也說不出所以然。睜著大大的眼睛，很有個性地，很美麗但很倔強地不要吃虧那樣。也可以喝酒也可以跳舞也可以帥氣地刷卡也可以跟男生回家也可以流浪在雙人床間。但她感冒時妳拎著熱湯去看她時，她很憔悴地坐在妳為她擺好的餐具前，怔怔流下淚來。妳作為一個好朋友，輕輕拍拍她的背。那樣的臺北女生。

臺北女生通常不真的是臺北女生。臺北女生往往有一個不是臺北的家，在過年過節的時候要回去。她會從小小的租屋處，光鮮亮麗地拉著行李去搭捷運，搭到臺北車站，在複雜的地下道間穿梭，上高鐵，坐下來，喝一口小七買的咖啡，聽哀鳳裡的音樂。她盡力維持那從都會區回到家鄉的形象。她不會離開臺北很久，因為其實沒有那麼好的收入可以四處旅行。也沒有那麼久的假期。而假期要節省起來去聽起來比較異國風味的歐洲。即使不去歐洲，也想去京都吃甜點看楓葉。比較標新立異的臺北女生會去印度、泰國、柬埔寨。臺北女生在鏡頭前笑得很美，分不清楚她在對誰笑，但她在那樣的角色扮演當中是得笑，就該那麼笑，很美地笑。

臺北女生不想結婚但也不想單身。臺北女生有能力——無論是經濟或智識上的——抵抗要把她捕捉回瀦留在現代化城市下的父權暗流。那被寫好的，議程改都不能改的文化霸權。長輩說話不回嘴，老公晚歸做宵夜。彷彿她少也賤而多能鄙事的十八般武藝，在婚姻市場上都不算數，她孑然一身只剩下生育與照護的價值，任三姑六婆品頭論足。臺北女生不是很喜歡單身，眼光也不是那麼高，她想找的是可以一起在人生裡旅行的伴侶，出現的卻總是想透過擁有她來證明自己是人生勝利組的男孩們。在玩具箱裡少一個漂亮能幹女朋友的男孩們。

「你是要我，還是要一個會認真聽你說話、陪伴你，跟你朋友家人處得來的有陰道的人類？」臺北女生常常在心裡這樣默默地質問躺在身邊的男朋友們。

男朋友們都說現在女生沒有公主病最好了。但當臺北女生皺著眉頭談論稅務、房地產或市長選舉的時候，臺北女生好像又不可愛了。可愛到底是什麼？是馬尾，還是雙馬尾？是笑起來的時候會先抿一下嘴唇？是看電影的時候會被嚇一跳讓男生握住她的手？為什麼可愛總與激起雄性保護欲有正相關呢？但我覺得我的臺北女生朋友們最可愛的時候是她們在熱炒店喝了啤酒大聲說：「幹馬英九下台」。

真正的臺北女生有軟弱的時候——城市是這樣一個會吞噬掉靈魂的黑洞啊——但她真的需要妳的時候她不是落難的公主。她是不得志的白居易，被一份雞肋般的工作勒得看不見出路，而臺北居大不易。

這首都的願景與創新被老男人們佔據了版面。可其實，臺北的輝煌繁華都是臺北女生撐起來的。她們在城市機器裡做大大小小的螺絲釘，編織人群成政經網絡。在臺北女生的手下，高樓從平地興起，夢想從遠方降落。她照料著百工在市井間穿梭，餵飽鰥寡孤獨，扶穩了改朝換代。

多數人看臺北女生是一個女生，但我總覺得是臺北讓人變成了臺北女生。這城苦她心志，勞她筋骨，雖是咬著牙奮鬥卻仍然笑咪咪地，別人輕賤她卻還是心懷大志。

我聽了一個晚上的徐佳瑩。她問，「我們是不是比從前完整？和誰過著理想的人生？」我想著我曾經做過臺北女生。我花了很大的力氣才從臺北畢業。我沒有跟誰一起過理想的人生。不過，幸好，我倒也可以問心無愧地說，天降大任於斯，是那城讓我成了臺北女生，終究能了人所不能。

擇偶條件

（*1）

主啊，請為我陶冶一個男人。讓他是堅強的人，也是柔軟的人。讓他能夠無所畏懼地承認自己的挫敗與困惑，並有勇氣求助。使他柔軟，能夠在人生的低潮時穿過瓶頸；在成功時謙遜俯首，將成就歸於身邊的人。

親愛的主啊，請為我陶冶一個男人。帶領他成為女性主義者，給他敏銳的觀察力，辨別父權裡的差別待遇、感知課與各種性別的壓迫。祈求祢，為他裝備正直的性情，勇於拒絕性別紅利，並有尊嚴地對待自己與他人。讓他成為他自己，尋得專屬於他的方式展現性格與魅力；讓他理解愛，愛裡只有平等，沒有標準。

請祢用這塊土地的土壤冶煉出他的靈魂，建構他的體魄。讓他的志氣很高，腳步卻很踏實；用對人群的貢獻來衡量成就，而非積累於個人的名譽或財富。祈求祢用貼近生活與鄉土的故事教導他，塑造他夢想的紋理。讓他明白自己的根與過去，敬畏天地，鑑往知來，站在前人的肩膀上勇敢向天做夢。主啊，請教育他，讓他享有知識、而不被知識享有；使他備有與百工溝通的詞彙，身體與情感語言都自然豐沛。

親愛的主啊，祈求你為我準備這樣一個男人：樂於與我思辨，尋求真理與共識，並支持彼此的奮鬥，共同承擔後果。懇求祢鍛鍊他的正義感，做驕傲的公民。請祢引領我們的行動，在面臨不義的政權與剝削時，膽敢起而反抗。

主啊，請祢讓我們做平凡的伴侶，行日常的抵抗，柴米油鹽裡每一吋生活都貢獻於正義公平。讓我們建立開放與溫暖的家庭，讓我們的餐桌上有食物，餐桌邊有客人。食物無論多寡，都能分享予我們的家人與朋友；客人無論其背景、族裔、膚色、信仰、性認同，身心是否受苦痛，都能感受到我們的好客與關懷。

主啊，也請祢賜予他幽默感，平心靜氣地面對世界的惡意。在陷入牛角尖的時候，讓我牽他的手，或他牽我的手，在自我否定的漩渦中逆流而出。親愛的主，祈求祢讓我們能夠歡喜地貢獻我們的才能與力量，也能夠保護好自己的心；當我們的熱情被消磨殆盡時，求祢給予我們智慧分辨角色轉換的契機。

親愛的主，也祈願祢將我準備好，與我的男人一起成為更好的人。我願納他入我的羽翼下，也願風雨來時與他交頸同心。如果有一天我們必須分離，我願他帶走最好的我們，彼此都成為更好的人。

中國前男友

（*2）

我的前男友很可惜的是一個中國人。這樣談論自己的前男友似乎有點排外的味道，但是因為文化和世界觀實在是差異太大，我們的關係也實在有許多無法溝通相容的地方。

剛跟Z開始約會的時候，心裡一直很遲疑。雖然說的是同一種語言，但是這似乎是我們異中求同的最大公約數，總覺得將來有一天有一邊要鬧革命。Z倒是很坦白：「我知道我們之間有勉強之處，不過我實在不想失去妳，還是試試看吧。」於是我們不明究理地開始了。人類歷史上恐怕沒有哪一段結合的開始是雙方真正考慮周全的決定？

出國前，朋友們在熱炒店裡聚集起來，知道我這一趟去了要唸個六七八九年，還可能回不來，本來嫌我在臺北生事的也都依依不捨起來。多年女友再三交代：「好好讀書，戀愛挑重點談，不要找中國男生，難處理。」Z被我金屋藏嬌一陣子，後來給女友知道，她只冷冷撂一句：「自己拿捏分寸，叛國會有報應。」

其他不說，做留學生，最重要的事情自然是讀書。我小時候從沒想過自己會唸博士班。大學畢業後工作，卻對知識愈來愈好奇。在混亂的現實世界當中理出一條邏輯來，分清楚東西南北，人因此可以往下走，我很想要有這種超能力。Z是北方人，性格堅毅，做學問很認真。我從他身上學到很多，比方說跑統計別無他法，細心專心不要浮躁，捺下性子慢慢抓蟲。

約會初期倒是相敬如賓。談韋伯，聊李宗盛的詞和梁靜茹的MV，抱怨教課遇到的學生不認真。我們讀書的城市四季分明，楓紅之後雪就來了。下了課聚在一起吃火鍋，窗外白雪茫茫，倒也歲月靜好。

交往那一年，臺灣公民運動風起雲湧，我的臺灣魂熊熊燃燒。俗話說真金不怕火煉，但有的感情是浴火成了鳳凰，有的感情倒是只剩下餘燼溫暖。我的臺灣魂從不是什麼仇中仇外的義和團心態，只是價值排序清楚，民主人權，正義法治。我疼惜臺灣這小國小民，想堅持做好國好民。對我們這一輩臺灣人而言，認同獨立與社會正義的立場中庸無比，根本談不上激進。

雞蛋跟高牆，我想站在雞蛋這邊，這樣一種簡單的公民角度，Z似乎沒有。

第一次Z來家裡吃飯，見到我冰箱上貼著社運貼紙：「今天拆大埔，明天拆政府。」眉頭一皺，轉頭問：「這是什麼？」我立刻義憤填膺地把大埔張藥房的故事說了一次，強拆民宅的土皇帝惡行惡狀，良民被逼得家破人亡。

Z愈聽愈不解：「為什麼不搬家就好了？」

我一愣：「為什麼政府可以逼他們搬家？」

Z聳聳肩：「國家經濟重要唄。」

我瞠目結舌，不知說什麼好。我做公民做得理所當然，恐怕是太理所當然了，從未遇見過另一世界來的順民。順民自然而然站在統治者的那一邊，皺著眉頭問其他人，「為什麼不順從？」可在民主裡，公民都站在統治者的另外一邊，仔細地檢驗他，「為什麼要我們服從？」

雙方世界觀差距的鴻溝，不注意則已，一旦注意到了，則日常生活裡處處是嫌隙。春季開學，農曆年跟著來。引發茶壺風暴，過年要在哪裡過？出國以來，第一次跟講中文的男生約會，兩邊都慶祝春節，反倒變得麻煩。我想跟我的臺灣酷兒朋友們過，喝酒吃肉，群魔亂舞；Z想呼朋引伴去北邊華人社區，訂很好的粵菜餐廳，大圓桌，吃合菜。喬不攏，Z又不願意分開過。

Z最後端上談判桌的妥協方案是除夕我跟著他，初一晚上我再去找朋友。我一聽，不太對勁，怎麼像是類比於除夕夜要到夫家過的習俗？Z說就算是吧，有什麼關係？總是要有個規矩，傳統上就是這麼做的。我再次瞠目結舌，聽Z自顧自地說下去：

「這過年總是要回男人家的。不是說不能有例外，偶爾有幾年到娘家過，或出國度假也好，但例外不能是常態。就像孩子生了總之跟父親姓是比較正常吧。」

我簡直要昏倒。DNA一人出一半，懷孕九個月那顆球也不能換人扛，教養一世人雙親都操心，憑什麼小孩的姓必須以父親為主？右手摸索到書架上西蒙波娃《第二性》都要丟過去了，轉念想想，唉，這異男，糞土之牆不可污也。遂冷冷地說，反正我已經把我將來小孩名字都取好了，一個叫許願，一個叫許諾，生第三個就叫許多錢，這麼好的名字，不能不跟我姓。

鬥嘴一陣，Z豎白旗，舉手投降無奈地說不講了，準備吃飯。鑽進廚房後十分鐘，乒乒乓乓，我趕到案發現場一看：Z打破一隻碗，愣在水槽前彷若英雄無用武之地，我又心軟。

反正都在廚房了，乾脆站到爐前。片薑，熱鍋下麻油煸薑炒雞腿肉，紅標米酒嗆鍋，另起一鍋熱水下麵線，二十分鐘把麻油雞盛上來。窗外冰天雪地，留學生懶人食譜，熱騰騰雞酒麻油麵線上桌。

少年情侶，桌頭吵桌尾和，天再大的事坐下來吃頓飯就沒事了。熱湯麵兩三口下肚，Z挨過來，自以為討好說，其實妳這人就是這樣，嘴巴很硬，好像很強勢，但性格還是很好的。我就喜歡妳這樣，上得了廳堂下得了廚房。

我突然覺得很無力。我們的感情簡直是中國臺灣關係的翻版。我的中國男友似乎並不愛我，愛的只是他對美好生活的投射。他以為所有女人都忠勤賢淑，一旦進入親密關係，就會像白娘子被收服入金山寺一樣，扮演起妻子與母親的角色。但我的廚房廳堂都不是為你——我喜歡做菜，就是喜歡做菜而已。不是為了伴侶，或家庭，或為了把自己擠壓進入那賢妻良母的形象。

如同中國對臺灣的投射。中國喜孜孜地想像著，有一個已經永久逝去的中華文明仍然在臺灣社會裡溫熱存在。若召喚出來——必須召喚出來——臺灣必能順勢歸附中國的懷抱。他不能接受，也拒絕看見，那樣溫良恭儉讓的漢文化不過是臺灣的一部分。臺灣早已往前邁進，生長成為一個更複雜豐富的文明；正如同我，以及無數將女性認同視為一種選擇的女人們，早已超越那主流文化中的角色設定，決心做由自己定義何謂女人。

我就是我，女人是我認同的一部分。但女人的標籤不能定義我；我才是定義女人內涵的主體。

但傳統權力關係中的角色扮演，似乎是Z對伴侶唯一的，正常的想像。似乎也是他對國家，公民，政治，唯一的想像。

我們最後還是分手了。他無法理解，我不是不愛他，我只是沒有辦法用他希望的方式愛他。我想走自己的路，一步步用自己的步伐走下去。我已經決定了要用獨立的姿態面對世界，面對未來。寧可辛苦一點，也不願意依附誰，搭順風車，偎西瓜大的那邊。但Z無法理解兩個人可以獨立的，在一起，走自己的路。

Z不能理解我的獨立正如同中國不能理解臺灣的獨立。他從未意識到他心裡那個賢妻良母的框架把我壓迫得喘不過氣，只能出走。正如同，中國困惑著為什麼臺灣「逢中必反」，卻很少反省自己為何「逢臺必統」。

我們不能好好地尊重彼此嗎？不能好好地做朋友嗎？你什麼時候才會放下成見，see me as who I am?

我在心裡問著我的中國前男友；臺灣在心裡問著中國。

臺大男生

白流蘇，四月雪；春天開花，先花再葉。

每一年她們開花都是悶聲不響地來，裝扮好了滿頭碎白，粉妝玉琢地站在校園裡。常常是騎腳踏車轉進椰林大道時被嚇一跳，哎呀，一號館旁白流蘇開花啦；啊洞洞館前開得也好；那麼去看看小椰林旁那兩株流蘇開了沒有吧。車行過校園，心情愈溫柔，蹬著兩個輪子到活大停了車，爬上二樓溜進會辦坐定，一探頭，旁邊巧笑倩兮的，也是白流蘇。

白流蘇開花，正是春季開學後沒多久，臺北天氣回暖到可以穿著短褲涼鞋晃悠的時候。五月選舉季節還沒有到，期中考還沒有跡象，不喜歡的課剛退選、喜歡的課上了幾週也睡了幾週。空氣裡有點什麼蠢蠢欲動的，人人都立下雄心壯志的春天。白流蘇站在那裡，沉靜地做我們的背景。遠一點，是暈黃燈光裡的傳鐘，也是一種背手而立的姿態。

我想起臺大總是想起那裡的人，人在這樣的圖畫裡。

臺大的男生是這樣的一種組成：少女魂、正義鄉民、愛鬧彆扭、偶爾會翻肚給你摸摸。卸下防備後很是溫馴可愛。不少臺大男生長大後長壞掉了，但還是有些長得很好，變成了可以依靠的人。幼獸時期的他們仍然是我遇見過最秀逸傑出的靈魂。眼淚、爭吵和執拗都成詩，一種永遠青春的形象。

臺大男生的少女魂展現在對創作事業的追求上。或許是因為很少遇見過做不成的事，也從沒想過自己有限的青春、有限的體力和有限的訓練或許搆不上他心裡理想的標準。一旦找到傾心的志趣，小宇宙為此熊熊燃燒，如少女追愛般奮不顧身。唱歌，寫詩，拍電影，跳舞，做菜，釀酒，辦雜誌，想做沒有做不到的，做出來的也都是上乘之作。大學時代的作品總是秀麗脫俗但橫衝直撞。像是十六歲的少女，知道自己美麗、但不真的知道那樣的美麗是什麼。經常是才華有餘，可惜基本功不足，創意裡都是燒燙燙的熱血，自己燃燒乾淨了剩一顆時不我予的心，觀眾一頭霧水。

離開青春後向後看，才覺得那時得天獨厚。做得過火了也美，欲言又止也美。

大學社團裡，負責操練我們現代舞基礎的學長H是物理學家，鎮日埋首工作中。基礎訓練課程通常排在週六下午，Ｈ總是行色匆忙，從凝態物理館趕來活動中心的舞蹈教室。他有一雙陳舊的膚色軟鞋，插在牛仔褲後邊口袋裡。一進教室，學長脫了牛仔褲露出貼身的黑色緊身褲，啪他一聲彎腰下去雙掌及地，十分鐘暖好身，回頭來摧殘我們。學長個子很高，但腰身柔軟、肌肉強韌，彈性極好，凡有大型演出他必定上場秀特技。彩排時我們一群大學部窩在台下，看學長姐在假想的舞台空間裡左右揮灑。H舉手投足間投擲出清楚的力量弧線。前一個拍點還蜷伏在地板上，下一個切分拍已經從腳背上站起來，像一只海豚挺直身體躍出水面。

於是我對H的記憶總是他在空中。

跳舞的物理學家，定格在空中的跳躍剪影。

舞者騰空而起，以肉身抗拒地心引力。H是膽敢對抗地心引力的物理學家。創作的本質原來是反叛，我在臺大學到了這一課。人們沿著升學的階梯攀爬，爬到頂了突然縱身躍向天際。從今而後不願再服從體制，搞藝術或搞政治，要追並不存在的完美的愛。一輩子不會追到的，但追不到更要追，因為每一吋更接近都是天堂。追愛的少女魂，是臺大男生的靈魂。

×××

臺大男生的另一個特色是很有正義感。有些臺大男生喜歡鎂光燈、愛逞英雄。但是，我傾慕的臺大男生是那關鍵的第一個跟隨者。運動之所以成為運動，之所以異於小團體集體高潮，取決於有多少原來不在網絡裡的跟隨者願意轉向，支持那先探出頭去的領頭羊。臺大男生們坐能言、起能行，遇見大是大非的問題，無不正氣凜然地拿出自己的名字背書，要真理愈辯愈明。他們站出來讓運動領袖有領導的對象，在網路與街頭奮力論戰，非要引領輿論往歷史正確的方向奔去。他們不是無名英雄，他們是自己的主人，在日日繁瑣複雜的日常裡，一仗又一仗地捍衛正義。

零八年的十一月，天氣還很熱。行政院前，經過幾天的靜坐抗議，警察開始聚集。我們手挽著手坐下成人牆。警方驅離抗議學生的時候，我看著人牆被撕扯開來，淚如泉湧，一邊抽噎著一邊拿著麥克風喊口號。站在我左邊的學弟將本來挽著我的右手伸過來，把我拉到他正前方，用身體擋住推擠的人群，讓我可以用雙手抱住大聲公。學弟高大的身體當場變成我的靠山。他低頭在我耳邊說：「學姊，不要哭，不要哭！」

不哭泣是不可能的，我們的眼淚都沒有停過。他的黑色T恤上我流了一大堆鼻涕眼淚。我對那場運動的記憶很複雜，但是學弟那堅定保護著我（以及我的大聲公）的身影，每上心頭總惹我眼紅。學弟本來也不是特別熱中搞運動，那天只是從法學院要回總區，路過而已。但是遇上了也不能不管。這幾年，為臺灣的戰役接踵而來，不知道他是否仍會路見不平，拔麥克風相助？願他心裡的正義鄉民永遠不死。

×××

其實我最受臺大男生吸引的是他們的溫柔。並不是陽剛的人造溫柔啊——把妳困在手臂與牆之間的少女漫畫情節不要再搬弄了吧——而是男孩們在卸下裝備後、在掙脫各種社會角色性別期待之後、回過頭來面對自己與身邊人們的溫柔。後台的本來面目。

像是午夜在椰林大道上，迎面騎車而來的男生不知道附近還有人，五音不全地大聲唱著《凌晨三點鐘》，很難聽但是很溫柔。宿營的時候睡大通鋪，白天不覺得，夜裡氣溫降下來了好冷。半夜醒來，發現相鄰的男同學把棉被推到我這邊來了，自己裹著兩件外套在另外一側打呼。然後第二天早上發現他又鑽回被子裡來了，撒嬌似的還把額頭靠在我肩膀上捲成一隻蝦米。我們年輕的身體聚集著取暖，體溫一點一滴地在民宿俗氣的大紅花燈芯絨被裡累積。人在半夢半醒間是最無害的時候了吧。但正是那樣的翻肚給你摸摸的愛嬌讓人非常珍愛。

大學時代最好的同志男友Ｂ現在是個網路名人了，當年跟男友在一起三年。合久的分了，分手後也事過境遷。我出國前，有一天喝酒，我們醉茫茫地大吵大鬧很開心。

Ｂ突然醉眼迷濛地捉住我說：「我跟妳說。我很想念前男友。」

我回：「那你們為什麼分手呢？」

Ｂ一扁嘴，哇哇大哭——

「因為沒有同志會在一起一輩子的啊。你們異性戀不懂啦！我們反正又不能結婚生小孩社會國家法律都覺得我們很亂嘛，那我們為什麼有什麼好努力維持關係的？反正都要分手那就早點分嘛，所以我們就分手了嘛！幹。」

我抱著B、他抱著我，他哭了、我也哭了。B在同志圈裡小有名氣，性格開朗，我從沒想過他仍然有脆弱的時候，社會對他者的壓迫仍然作用在他身上。這世界為什麼如此趕盡殺絕呢？

但是，即使是哭得撕心裂肺全身發紅的B也仍然秀美絕倫呢。他還是擁有明亮的靈魂，光芒四射。因生命裡無處不在的挫折，淬鍊成了世故、但沒有侵略性的，明亮的光芒。像是一只蚌為了要包納沙礫的粗礪而層層潤澤成珍珠一樣，那樣充滿力量的溫柔光芒。

×××

臺大男生長大後倒不是每個人都長得好。有很多，變成了庸俗而市儈的大人。

不久前，臉書上偶然看到了當年校園知名情侶學長姐訂婚照：學姊依舊光彩照人。學長，已經不行了。真捨不得，當年學長笑起來非常無邪懾人的啊。他們系上的之夜，學長在男舞站第一排，跳起來對台下吐舌頭眨眼睛。在台下當定位點的我簡直要融化。

為什麼會被生活拖磨成這樣呢？怵目驚心。胖了就算了，有很多人是胖了反倒好看的，但人到三十歲以後是相由心生啊：那種銅臭、官僚、油滑、勢利，從眉目間蔓延開來了，即使隔著螢幕也能感覺到，青春是徹底從這個人的身體裡死去了。為什麼呢？你為什麼允許青春在你身體裡死去？

幸好，也有不少臺大男生們長成了像是（還沒有參天的）巨木般令人安心的存在。

二零一四年的聖誕節，我帶著第一年念博士班的疲倦和成就感飛越海洋，回到臺灣。下了飛機第一件事情是往S所居的城市拜訪他。S與我是大學同學，我們以前一起在刑法總則課上睡得歪七扭八。後來，我叛逃離開法律系，他成了刑事庭裡決人自由的法官。

S以前追女朋友很沒主意，一天到晚打電話給我參詳。大四時我很忙，人都在羅斯福路總區，搞運動開會串聯上媒體，救臺灣救臺大。某天接他電話，心裡煩心事很多，但仍然按捺著心情聽他翻來覆去地抱怨著。聽著聽著，百感交集，在這頭掉下淚來。我幫不了你啊，我連我自己的重量都負荷不住了。我怎麼幫你，我怎麼救臺灣？兩人悽悽慘慘戚戚地在電話的兩端，各自為賦新辭強說愁。

成人後再回到S身邊。他已經逐漸擺脱掉少時的鋭氣和不安全感。每次再見，都覺得他更像是一棵大樹了：向下扎根，向天空伸展，可以讓人放心倚靠信賴。

我從多倫多，溫哥華，東京，臺北，再轉搭巴士到臺中，超過二十四小時未能闔眼，身上沒有手機也沒有臺幣。我憔悴又狼狽地站在臺中客運站外，身邊是全部的家當。我抱著行李在台階上坐下來，睡眼矇矓間充滿對 S的信心。

他說他會來接我的，一定會來接我。

連電話都不用打，我知道，他一定會出現來接我的。

S果然出現了。開著破破爛爛的車子在工作間的空檔匆匆趕來接我，神情肅穆。剛開完庭的情緒自然是不苟言笑的，我坐在副駕駛座，轉頭看他，覺得他那整襟危坐的樣子實在陌生。一直到夜裡促膝長談時，我才感覺S仍然是同一個人。他仍然摀著過敏的鼻子呼吸不順，彌留之際還硬要聊天。那個我從十九歲就知曉的高瘦男孩又從他的身體裡浮出來。如同一隻小獸，在我身邊磨磨蹭蹭，討拍討抱。

一方面，我真心疼那個男孩。一步一腳印，我知道S受了不少寂寞，走了一些冤枉路。另一方面，我卻想知道再經過一些磨難，S會長成什麼樣的男人。會成為勇敢、強壯而溫柔的人嗎？會成為絕頂聰明，卻憤世嫉俗的人嗎？或者，會像絕大多數的人一樣，成為一個專業、庸俗、社會化完全的大人？我們自少時極力奮鬥的，不就是要抗拒這樣的馴化，拒絕體制將我們抹壓成同一張臉孔？我知道S是有能力對抗的，但他能抵抗多久？

我真希望，我愛過的愛過我的臺大男生們，能永遠保有年輕時的膽識和英氣勃發。我希望他們每個人都能從青春裡直接長成正直而勇敢的大人。能不能不要忘記我們曾經衝撞過的理想，流的眼淚，對共同體的愛，為彼此寫的詩，把那種熱情和感動在長長的歲月裡捶打成綿長不絕的，日夜不竭的，為臺灣這塊土地的奮鬥？

你們在世界各地都好嗎，都有繼續奮鬥嗎？都有認真燃燒小宇宙、進行一場又一場改變自己改變群體的小革命嗎？還在抵抗嗎、還願意抵抗嗎？抵抗被主流價值馴服。抵抗那將每個男孩都異化成異男、不能示弱不能掉眼淚的主流文化。你們能不能堅強起來，但不失去溫柔？我們可以一起堅強，一起溫柔，從家到國家，見證貓肥家潤，國泰民安。

×××

每年四月，雪都會來。四月雪來的時候，我在白流蘇底下想的不外乎就是這些臺大男生們。想我不知何時還能再跟那個誰啊、還有那個誰啊，一起走去吃一碗冰。活動中心關門之後，劈劈啪啪踩著夾腳拖鞋去大學口吃宵夜，絮絮叨叨說生活的煩惱。

那畫面是永恆的。我心愛的臺大男生。

少年阿寶

見阿寶之前我本來是不太情願的，因為我幾年留學獨居下來，社交能力全失。對於很久沒見的朋友，尤其是少時認識的朋友，我總是拿不定主意要怎麼應對。有時候甚至因為實在沒把握自己能表演好久別重逢的戲碼，居然也就不見了。或者是對方最後一秒取消見面，我絲毫不覺被冒犯，反而大鬆一口氣。

幸好，見面的時候倒很好。約在熱鬧滾滾的熱炒店，隔桌剛下班的上班族鬆了領帶大肆喧鬧，阿寶神色輕鬆地坐在角落一張小桌邊翻書，頭上一盞日光燈暈開黃色的光圈，形成等待的氣氛。我們喝啤酒、吃三杯雞，小店裡蔬菜種類很多、川七、山茼蒿、龍鬚菜，還有水蓮。我好久沒有吃到水蓮了，薑絲清炒讓我龍心大悅。阿寶很適宜地扮演家鄉親友的角色，不斷叫酒添菜，凡是他覺得國外吃不到的都點了。臺灣方才經歷幾場大選，談話材料很多，我們從南到北把各地首長與立委評論一番，話題沒冷場過。阿寶從大學就投入醫療勞動議題，是我不很了解的領域，因此也仔細請教了他對最近健保政策變革的看法。

酒過幾巡，談興雖好，但我們都有點疲倦。阿寶第二天還要上班，我則要搭機離台。我們於是決定散步一陣，醒醒酒，再各自回家。

三月天的臺北，夜裡還是滿可愛的。山櫻花零落開在巷弄間，新店溪畔矮屋散落。鐵窗木門，銹蛀的門牌。藍白色的馬賽克拼貼成建物外牆，雜亂無章的戶外儲藏空間，鐵絲衣架上垂掛著舊衣物。若是少女的我大概會皺起眉頭不喜垂目吧，成年的我，卻知道這就是夢裡我想念的臺灣。

走著走著天空微微飄起小雨來，是適合微醺散步的完美夜晚。春寒潤澤如玉，冷冷涼涼，在嘴裡可以嚐到那溫度的溼氣。我矇矇朧朧地想起，上一次我見到阿寶，好像是在師大夜市。我好像是畢業第一年，很不快樂，抓住隨便一個人就想要他解決我的人生危機。當時我真想知道未來在哪裡，想要像是先把小說翻到最後一頁，或者是看電影前先看影評那樣，啪一下就翻到五年後。

而現在是五年後了。當時的稜角、委屈，都跟天真聰慧一起留在過去裡了，我戴著大人的面具，平和地與世界交往。想到這裡，覺得很想把這樣的體會分享給阿寶，心情脫口而出。

「是七年噢。不是五年。」阿寶說。

「啊，是嗎？」

「是喔，我剛才來赴約之前，在捷運上也想了一下。上次見到妳，妳才剛畢業喔，所以是七年前。其實我們比妳想像中更老了。」

「真是沒有感覺呢。」

「是啊。」

說來奇怪，雖然跟阿寶很久沒見，但這一次見面，反倒像是比從前更接近了一些。少年時，人人都活在自己的小宇宙裡，鎮日追著尾巴團團轉，即使見了面，心思也不一定放在對方身上。

阿寶與我雖不算特別熱絡，偶爾還是有喜歡對方陪伴的時候。我們都是南部小孩到臺北讀書，把南來的習性與口音藏得很好，像是兩個臥底間諜懷抱著共同秘密一般，不能讓這城裡漫山遍野的臺北人察覺。離鄉的孤寂感偶然發作，我就騎著機車去找阿寶吃宵夜，或阿寶騎著他的機車來找我看夜景。見面的時候也不一定談在這座城市裡的挫敗，兩個異鄉人陪著心裡就緩一些。我記得阿寶等在我家巷口，我下樓見他抱著手肘沉思，路燈在安全帽上暈開光圈，一樣是等待的氣氛。我們心事重重地到南機場夜市吃水餃，他一傾身，醫院識別證掉出口袋，啪嗒一聲落在醬油碟裡。他拾起識別證，手指劃過自己的姓名，苦笑：「我每天別上名牌時都問自己：阿寶，你為什麼要當醫生？」

我只能遞過一枚同情的眼神。我不也天天問自己，妳為什麼要愛臺灣？

少時與人來往，彷彿踢泡泡足球，人人關在自己的泡沫裡，接近都有極限，太接近就彈開，或者破滅。因為連自己都搞不定，和別人相處也總是結結巴巴，不是給了太多真心就是找不到理由在意。長大後就好了。長大後懂得把困惑和不安藏好，苛刻都留給自己。成人的交往是壁壘分明的，但正因為一開始的距離就劃清楚了，試探著一步步接近反倒能真正貼近。

阿寶和我都長大了，我們一步一步，走了一個晚上，走得接近了。

到該分手的巷口，我們有禮貌地道別。阿寶遲疑了一下，溫和地問：「我可以抱妳一下說再見嗎？」我先一愣，隨即笑起來。「當然可以啊。」阿寶於是鄭重其事地把提包放在鄰近的機車上，拿下他的眼鏡。到我面前，略彎下腰，非常非常慎重地抱住我。

阿寶的擁抱極其真誠。他的身體裡感覺不到任何一絲可以稱之為抗拒的東西。我的手臂環繞過阿寶成人的背，他的肩背比看起來厚實沉重，他的體溫透過風衣傳來。我感受到他日日夜夜都穿戴著的，因為成長為大人而不得不披掛上的防備，一點一滴融化四散。如春天細小的雨滴一樣，穿過我的身體，無聲地落到土地裡。這是他本來的樣子，他選擇讓我看見了。

我心裡有什麼糾結的好像鬆了一鬆，有一點溫暖的眼淚慢慢地穿過縫隙流出來。這是我從學生時代就認識的少年啊，少年身邊站著從前那散漫、暴躁、缺乏安全感的我。我本來都不記得少女的自己是什麼樣貌了，非要等到少年阿寶前來探望，她才從身體深處慢慢走出來，走一整夜，終於化成肉身落實一個擁抱。少年阿寶擁抱了少女的我。

這就是以前想知道的未來嗎？未來就這樣來了，我們站在彼此的面前，給對方一個擁抱。辛苦了，你也走到這裡，回過身去面對慘綠彆扭的青春。少時犯的錯，雖是少年的自己咎由自取，但自作自受還是痛的，痛過也留疤。從前凡事都當真，每一次都拿真心去擠兌別人。吵架總是真槍實彈、拳拳到肉，齟齬裡都血肉模糊。少時的我們經驗過許多為賦新詞強說愁，但即使是矯揉作態的愁苦，當時的眼淚、苦惱、掙扎，也仍然是真的。當時還不明白為何灰頭土臉，現在明白了；不明白的也不在乎了。

現在我們長大了，我們終於可以回頭去抱一抱自己。「沒關係喲。等你長大之後就會好了，我們在未來裡等你。」

幸好有這樣一個美麗的春天晚上，在睡了馴服的臺北。今夜裡這個城市不張牙舞爪，我們身體裡的少年少女膽敢探出頭來，牽著手站在我與阿寶身邊，默默看著我們擁抱。

阿寶還是那個少年喲。我的眼淚慢慢流下來。在阿寶看不見的、擁抱的另一頭，淚水流在他成人的、寬廣的背上。這一點真心的眼淚給少年阿寶。人說少女的眼淚是最珍貴的，一點就是永恆。我把永恆送給你了，希望少年阿寶留在你的身體裡久一點，到永遠。希望成人阿寶不要吞噬少年阿寶，希望少年阿寶偶爾能遇見其他少年少女，出來放風，好好說話、好好散步、好好擁抱。

路燈下阿寶跟我好好的擁抱說再見。我們轉身回到大人的世界裡奮鬥，找一個在世界上的立足點。下一次我回來，少年阿寶還在嗎？還會出來見我嗎？少女的我亦步亦趨地跟著我回家，在我耳邊小聲探問。鐵門喀嚓一聲闔上，她留在門外，餘我疲倦地在黑暗的樓梯間坐下。

甜蜜垃圾話

俗話說，男人到四十歲剩一張嘴，不知道這個發展是不是從二十幾歲的時候就開始。

跟好久不見的霖意外在香港見面。我出席研討會，參訪久仰的香港大學法學院；霖則是到英國度假返滬，在香港轉機，改了機票過境二十四小時加入我的吃貨之旅。我們從他清晨入城開始，一路嘴巴沒停過。茶餐廳吃豬扒包菠蘿油喝鴛鴦奶茶，路上邊走邊吃蛋塔配凍檸茶，搭車去吃兩碗綿密軟糯的海鮮粥，加很多油條。下午茶點吃糖水，楊枝甘露與芝麻糊。晚餐跟著人潮排隊吃煲仔飯，最後到灣仔看佔領的遺跡。晚上九點多鐘，一天行程終於吃罷，捧著一肚子燒鵝到銅鑼灣一間酒吧裡喝紅酒。霖給我看他從蘇格蘭拍的照片，那霧與平原懾人魂魄，彷彿往前踏一步就要掉進魔幻世界裡。其實香港的摩天大廈何嘗不是另一個魔幻世界，在法治與獨裁之間，小漁村憑空長出一座城邦，見證海權時代的殖民帝國沒落、東方紅日如鬼魅般席捲大地。

霖從酒吧直接前往機場。我回到旅社後收到他的訊息：「雖然妳又要說我講垃圾話，但是，跟妳吃飯真開心，吃什麼都有滋味。即使飛過半個地球也想跟妳吃飯。」

我倒在床上看著訊息，有點尷尬又好笑。典型的霖，愛講甜蜜垃圾話，一路走來始終如一。

也不是刻意營造曖昧氣氛，也不是裝腔作勢矯揉做作，他其實十句話裡有九句半是赤裸裸的真心，剩下那半句是捉弄人的促狹神情。他喜歡把自己的真心話拋出來，看別人慌忙接應的模樣，手足無措、連滾帶爬。接住了他就步步逼近，沒接住他就換上一張戲謔的笑臉，一副密友的姿態，脫身脫得乾淨俐落。他用字遣詞相當精準，情感表達貼切中肯。他若說想念，就是想念，不是喜歡也不是愛欲；他若說要來看你，就會來看你。看看你也就走了，乘興而來盡興而返，沒有要牽手親吻上床，無前緣欲續、亦無來世相待。

霖從大學開始就是文青。典型的投錯胎，升學主義逼迫下文青魂走迷路了，裝在一個工程師宅宅身體裡。雖然他聽到我把他放進文青類裡大概會皺起眉，露出不以為然的神色。但是他編過刊物，寫詩，練硬筆字，縮衣節食買相機，四處旅行拍照，實為文青行徑。幾年前，他辦了攝影展，在我很喜歡的咖啡店展出。我在美國讀書當然去不了，臉書上丟給他好幾個哭臉訊息，霖竟然寄來一箱他的攝影作品。一幀幀相片裝進木頭相框裡，有大有小。霖在箱子裡附了一張平面示意圖，囑咐我找一面空白的牆，細細指示哪張照片掛在牆上的哪裡，相對位置如何。信末，他那好看的簡直可以當成傳家墨寶的字說：「妳既不能回來看，我就把整個展覽寄給妳。」我拿著信反覆讀，心裡又是溫暖又是酸楚，隱隱覺得承不住人家的情，又覺得霖真是任性到了極點，不順著他反倒不行。

霖的浪漫行徑其實不只這一樁。我們都還在臺北渾水摸魚過日子的時候，偶爾一次在一間二手書店裡巧遇。那書店躲在新生南路巷弄深處，我從來沒在那裡遇過任何熟人，霖也是。當時我們都活在很不確定的心情裡，我在準備出國，他在考研究所，常常躲著朋友不想說話。我們出門來，相伴走了一小段路，站在開了花的加羅林魚木下談了十五分鐘。說什麼我不記得了，只記得說完話心情放鬆不少。霖還給了我一張飲料兌換券，我自己拐去換了翡翠綠茶，帶著一種清新的氣息蹦蹦跳跳地回家。幾個月之後，霖傳簡訊來說他決定不考研究所，直接就業，祝福我出國順利。

「我的祝福留在二手書店中，藏在一本以妳為主角的小說裡。」

我滿頭霧水但又好奇得不得了，特意跑一趟到書店裡，幾乎把架上每本小說都翻開來看，後來在朱少麟《燕子》裡發現霖留的卡片。噢，對嘛，《燕子》的主角名叫阿芳。

我一直很想問霖，他怎麼知道我找得到？如果在我找到前，書就被買走了怎麼辦？自詡浪漫如他，大約會說，得之妳幸，不得妳命。留給有緣人也成就了那人生命裡的風景。

霖玩攝影頗有一段時間，很擅長拍人物。他又有怪脾氣，只拍自己喜歡的朋友。他也確實有獨特的眼光，作品集裡的男女老少都有奇異的光輝與神采。霖一直說要拍我，但我一直躲躲閃閃地不願意給他拍照。好照片裡是有靈魂的，我在人間陽氣不盛，不能到處分靈。每次他一舉起鏡頭來我就四處逃竄，嚷嚷著，哎拍我幹什麼，你看那對街少女多好，怎麼不拍人家呢。

出國前最後一次見面，霖來高雄找我玩，陽光大好。我帶他去喝雙妃奶茶，覺得他會喜歡普洱茶與牛奶配合出的獨特香氣。我立於店家騎樓店面買茶，他站在對街拍我。機車掩護我，他沒得逞，最後倒是拍了很多鹽埕老街風貌。後來在火車上傳簡訊給我：「今天我見到了少女在老樓裡。我認識妳的時候妳是少女，妳在我心中便永遠是少女。」又是甜蜜垃圾話。

後來這幾年，我跟霖各自四處搬家，兩個人搬了四個國家。除了總統大選兩人皆返鄉投票外，碰面機會甚罕，聯絡多半是隔著螢幕打字聊天。我們的時差隔十二個小時，日夜顛倒；早上剛開工的我還在拖延不想做事，正好配合東亞大城市裡上班族的睡前閒談。霖跟我若在線上遇到，都在炫耀各自生活中的小確幸。比方說，他非常喜歡吃臭豆腐，興沖沖地跟我分享他終於在上海找到了心目中完美的臭豆腐。又或者，我最近著迷於藍莓馬芬，喜孜孜地給他看一群外酥內潤的馬芬如何婷婷裊裊地站在玻璃櫃裡。

言談間我感覺霖變得穩定、快樂許多。他似乎找到了很適合他的工作：去到大城市裡，跳上通訊科技發展的浪頭，細細地演化以人為本的服務。

人的緣份淺薄，保持聯絡四字聽來簡單卻很難做到。霖與我的緣分細水長流，從來沒有走得很近，但從來也沒有走遠。他的影像與訊息在我生活的空隙裡四處留下記號。這頭是我教課的空檔，行走於哥德式建築的校園，那頭是他坐在蘇州留園裡，天空從竹叢的間隙中現身。我週日睡晚去吃有蛋與培根的早午餐，他那頭是宵夜，一碗熱呼呼油膩膩的辣麵條，說是甘肅來的西北口味。我們各自在不同的空間裡活出不同質感的人生，在巨大且迥異的文明邊培養專業與品味。但彷彿我也陪伴他走過那些地方。吃過這樣那樣的食物。

當時我們說再見，分別往東西方走去；沒想到再見面，居然是香港，據說是東西方會合的地方。霖胖了一點，但好看多了。以前那種彆扭的才氣找到疏通的管道，穩穩當當地往成功的方向奔去。他的頭髮剪得很短，拖著深藍色登機箱，背著黑色雙肩包，俐落地向我走來，看起來像是所有白領專業人士的模樣。我正想嘲笑他，哎唷這西裝外套好做作唷，一轉頭看到自己的倒影就噤聲。我也有一張與這都會鑲嵌得宜的臉孔。我也背著一只皮革肩包，太陽眼鏡推在髮上，沒有瀏海。站在他身邊沒有違和感，我們站在地鐵車廂裡沒有違和感。而立之時好像應該就得這樣，長得這樣。

我才意識到，我們以為我們可以永遠任性浪漫的，其實不可以。現在，我們沒辦法為了心動的人徹夜不眠，也沒有空閑寫詩。行程不得空、心不得空，我們已經很久不在二手書店裡閒晃。或站在騎樓下等西北雨落，等西北雨停。我們每天從工作裡帶著煩擾的心緒回家，但不打算在回家路上特別繞路去喝一杯茶。這幾年來，霖與我盡力保持住一種青春的姿態，但我們終究還是一點一點地輸給了生活。用臉書，google hangout，i-message 傳一張照片給彼此，不管走到哪裡，是我們徒勞無功的抵禦。

而此時此刻，為一個人在一個城市停留二十四小時，是能力所及、最大限度的浪漫行徑。剩下的，做不了的，無處可去的心動與衝動，只能變成了甜蜜垃圾話。

甜蜜垃圾話原來是這樣被遺棄在軌道之外的真心。人人都要從青春裡長大，長進社會裡。人人都在自己的軌道上滑行前進：事業，家庭，選好角色心無旁騖地往前邁進。手上開始有一些積累的關係，棄之可惜。要放的放不掉，不下定決心的就要失去選擇權，所有本來以為曾經是選項的都快速褪色凋零。機會之窗一扇扇掩上。偶爾在言語的縫隙，舉手投足的邊緣，掉下一點點閃閃發亮的真心。不一定是故意的，也不是無心的。對方撿不撿起來都好，不撿起來也不失風度。霖是這樣一個浪漫多情的人，他明知自己與世界之間隔著一道寬闊的海洋，但還是想向遠方投擲一點真心，心飛到半途落了下來，成了滿地的甜蜜垃圾話。

我看著霖傳來的訊息，感覺自己手裡接住了一點微微顫動的真心。我無力回應，我對不可逆的成長無能為力，只能為他收藏好這一點甜蜜。像是一只樹洞，盛載一個秘密。

林佩瑩

跟這個世界感到格格不入的時候，想寫信給林佩瑩。不分晝夜，不分語言，不分幸與不幸，凡是遇見世界與我反著方向走，而這是經常時，我就想寫信給林佩瑩。

比方說在韓國超市發現疑似臺式關廟麵，激動不已，狂掃五包回家一吃發現不對。含著一口麵一泡淚給林佩瑩發訊息。又比方一早起來發現大學時代默默暗戀過的學長訂婚了，暴怒不已，寫信給林佩瑩抱怨這天地不仁，萬物皆虐狗。

想家的時候也寫信給林佩瑩。想她必能理解我，她如我我如她，我們是小島小國小女子，到大陸大國大學校打天下。說起來也沒有什麼，讀書做事而已，只是凡事都比人辛苦，時刻都覺自己卑微。林佩瑩在巴黎唸書，有一回統計光學考零分，沒哭，存亡狀態裡沒有眼淚，她說：「每天早上天不亮就搭地鐵進城唸書，地鐵很臭，有一天看到軌道上老鼠奔逃，覺得自己跟老鼠一樣卑微。」我不覺得自己像老鼠，但我常覺得自己像鬼。剛出國社交處處彆扭，站在人群裡不敢跟誰搭話、誰也沒有來搭話，像一隻鬼，透明的，存在著，人人卻視而不見。

有時候也收到林佩瑩的回信，細說今日王八多，中英德法四國文字夾雜臺語國罵，通篇流暢，如颱風過後的淡水河般情緒豐沛使人敬畏。

留學生活裡，一半讀書寫字，另一半做菜看劇。看了喜歡的劇也寫信給林佩瑩。臺灣電視劇我很少看，覺得演員難有說服力，劇情大多沒有靈魂。但偶爾也有例外。客家電視台《在河左岸》細膩非常，公視《麻醉風暴》石破天驚；很多年後我偶然回頭看《我可能不會愛你》，大半時間覺得人家很俗氣，一時不察被突襲，一晚上哭掉半包衛生紙。寫信給林佩瑩：「妳看過李大仁與程又青嗎？」

林佩瑩回信：「剛出來的時候就看了。最後幾集，簡直哭倒長城。」

林佩瑩晚我幾年到臺北，也晚我幾年出國。我們是女漢子，不時興吃飯送行那套。有人要走，我們就寫訊息，短短的。遠遠向對方點點頭、對方也點點頭，然後我們就拿起行李，往各自的方向延伸出去。有很多話說白了反倒沒意思，尤其難搞如我們，不如寫成日記，縮簡成一行網址投遞給對方來看。我從高中到大學，在一個小小的bbs上寫了很多年日記，林佩瑩一直都默默看著。我知道她看，但我不知道她喜歡看。後來我出國，林佩瑩寫了一封信給我，是一封用筆寫地址，端端正正貼一枚五元郵票，噗通一聲掉到信箱裡的信。

信裡說，在臺北的日子有大半都是讀著妳的日記度過。睡前把自己洗刷乾淨，泡熱茶，雙膝盤起上b看妳的日記，也跟著去妳去過的咖啡店。始終無法喜歡臺北，但坐在咖啡店的落地窗前工作時，竟然也覺得自己可以在這個城市裡生活下去。

我們出國的幾年間臺灣政經情勢大變。說來悲傷，什麼時候最想念臺灣？是眼睜睜見臺灣往前進了，沒有我。我無法參與臺灣的現在，我無法貢獻予臺灣的未來。一場場街頭運動是一幕幕鄉愁展演，反媒體壟斷、文林苑、美麗灣、反中科、大埔、洪仲丘、太陽花、歷史課綱……島內的人們在街上聲嘶力竭，島外的我們在螢幕前淚流滿面。科技讓人的距離到底是近了還是遠了？總之思鄉之情是更痛楚了。

二零一六年，我們鐵了心要回臺灣投票。我提早半年安排教學時程，終於在一月初穩當當飛抵臺灣。線上遇到林佩瑩。

「何時回臺灣投票？」

「快了，但超驚險，投票那週我要去上海出差。」

「哇，有沒有先訂回臺機票？」

「當然先訂，恁祖媽出差可以，擋我投票者死。我跟我老闆說如果沒機票，把我辭了算了，要頭一顆要命一條但我一票不能少！」

總統大選前一晚林佩瑩果然殺氣騰騰地飛回臺灣。她說，為了趕飛機，硬生生截斷上海客戶沒完沒了的話頭。上海客戶酸言酸語，她一張嘴橫掃千軍，後來還被客訴。

投完票的春末，我們割出五天假期到紐約玩。林佩瑩說想去看慾望城市裡凱莉的家，我就帶她去。也帶她去看 The High Line。這島最好的就是它日常生活裡的優雅——不是那種絕色美女，回眸一笑傾國傾城；是天生麗質的遠親近鄰，很迷人但可以接近，一眸一笑讓人不知不覺就入迷。

紐約也沒有什麼，過日子而已，但什麼都蠻好。正適合奔三的我們，都懶了也宅了，每天在城市裡散步，天暗就回家準備睡覺。因為時差，那幾天我們總是六點不到就醒，一起躺在床上慢慢看這島也有天光，爬過窗簾，床腳，到我們的手臂上。低聲探問，醒了嗎、醒了。然後我們說夢。跟兒時友伴在一起，睡得特別安心，夢總是又多又清晰。

其實青春期的我女性朋友很少，也從沒想過與女友們的友誼能夠維持多久。原因無他，只是因為無法想像自己與誰培養出什麼一生一世的少女情誼，喝下午茶、聊婚紗什麼的、實在很遙遠。所以赫然發覺我跟林佩瑩已經認識十五年的時候，也著實嚇了一跳。原來女漢子們的感情也可以天長地久。

我跟林佩瑩這樣一路寫著信，一路對抗著這世界給我們的框架和格局。世間滿是對女人的指手畫腳，對女人的樣貌言行自有要求。這世界也愛定義臺灣，臺灣人該做什麼，不做什麼。難怪日子裡格格不入之時眾多，更難怪我們的感情長長久久。

未來也繼續寫信給林佩瑩。總之是不讓這世界的格子畫得太輕易了，自己的路走得有骨氣一點才踏實。

天天

天天是我的學弟。天天是我在美洲大陸上最接近親人的存在。

我們第一次見面是在公館的小吃店裡，矮小的屋簷下吃酒釀湯圓。當時我正在準備一場校園選舉，熱心的學妹帶了天天來給我認識。天天那時候還沒有開始跑步，臉頰旁有可愛的嘴邊肉，笑起來非常天真爛漫。我們都還沒有脫離傳統的校園倫理文化，天天對著我畢恭畢敬地叫學姊，我也煞有其事地扮演學姊的角色，招呼大家吃湯圓。天天吃了酒釀臉紅起來，自告奮勇地攬下選舉中的動員工作，他說：「我會很努力，我可以不睡覺！」

選舉週開跑前一夜，選舉團隊的幹部們擠進我賃居的小套房裡做沙盤推演。凌晨，我不支入睡，矇矓間聽到大家的吐槽：「為什麼候選人可以睡覺，我們要熬夜討論戰略？」天天一邊奮力簽宣傳單，吐出一句：「天天可以不睡覺。她不是天天。」大夥冒出爆笑聲，吱吱咯咯鬧成一片，隔壁室友怒氣沖沖來敲門。

天天可以不睡覺，變成了那場選舉裡的 inside joke。長興街宿舍十幾間，還沒有拜過票怎麼辦？快去拜，天天可以不睡覺。午餐時間福利社人潮洶湧，小福、小小福發傳單的人手不夠，如何改善？拚一點，天天可以不睡覺。對手的校友會好厲害，我方似乎無暇發展各地校友組織？趕緊發展，天天可以不睡覺。天天不只是活力充沛的小大一，天天是每一個全心投入選舉的夥伴，天天象徵著我們努力不懈的每一天。

天天後來就成了選舉能手。他耐操煩，擅長苦中作樂，很能鼓舞團隊士氣。他擁有敏銳的輿論嗅覺，敵我意識分明但又長袖善舞，即使是敵對陣營的樁腳，也很難板起臉孔面對天天的喜眉笑眼。他適合拿麥克風，天生的戰車手，國臺英三聲道輪轉流利，很容易就能與人群建立信任與默契。天天又是漂亮出色的男孩，深得異女同男歡心。但是天天這樣的練武奇材只唸了三年大學就轉學到美國去了。選舉催人老，讓人對世界有錯誤的期待、過度的自信，無止盡的自作多情。即使是小規模的校園選舉，人們也往往出手不知輕重。我們愚勇的心都非常柔軟，像一塊海綿吸收愛與恨，傷了心好久都無法褪色。天天的大學三年像是三輩子，見識了社群共同體的建立，也體驗了青春的叛變。在又一場翻天覆地的選舉之後，天天默默離開臺北，那離鄉背井的姿態像是永遠。

天天落腳的城在美國中部，於當地的公立大學重新開始修補他的大學生活。不久我收到了研究所的錄取通知，天天得知後興沖沖跟我說：「選芝加哥！芝加哥離我們只有三小時，來中西部體驗真正的美國！」我咧嘴微笑，是嗎，真正的美國！

於是我拒絕了其他學校，寫信給天天：「我出發去找你了喔！」

「好喔快來！」

但我到了芝加哥三個多月之後，才見到天天。大家都說出國第一年是最困難的，但身在其中才知箇中冷暖。不只是語言的轉換，有形無形的生活語彙皆全面翻轉。課堂上的挫折感排山倒海，課堂外尚需花幾倍的力氣練習生活。我找不到吃了不胃痛的早餐，外食的份量不是太多就是太冷。我也拿捏不好在社交場合如何展現自己，我在新的社會脈絡裡被剝去所有文化資本，期期艾艾地變成一個害羞的亞裔女性。我只得打疊精神重新做人：學做外國人，學做研究生。像是把裙腳收好般，我把自己在異文化裡的格格不入收拾抹淨，絕不輕易示弱。

三個月裡我度日如年。終於，燦爛的十月天，天天搭上巴士來到芝加哥拜訪我。

重逢並沒有想像中那樣激動。他鄉遇故知，寒梅著花未。雙方心裡再感動，表現在外也只是到中國城吃麻辣火鍋。我還不敢吃辣（是不是臺灣人啊妳）。天天點了鴛鴦鍋，一人一邊一國。我們熱烈地討論總統大選選情，引首期待第一個女總統；問候彼此生活，把認識的圈內人八卦了一輪，然後進城裡看電影。我幫天天在國際學舍裡訂了單人房，跟我的宿舍房間同一棟樓，夜裡我們捧著一桶炸雞歪在床上隨機亂點 youtube 影片來看。

「欸，妳會想念臺灣嗎？」

「會啊幹。」

「我也會。」

「你會想回去嗎？」

「也不知道還有沒有臺灣可以回去。」

我們約好一月的時候，天天再來芝加哥跟我們一起看開票。我們很想知道以後還有沒有臺灣可以回去。

那是二零一二年，小英第一次挑戰總統大位失敗。臺灣社會還沒有拿定主意，國民黨也還沒有徹底激怒年輕人。天天跟我不敢說是早慧，但畢竟是從小就堅定了信仰，清楚地知道政治裡有一座牆：人民在這一頭，政府在另外一頭，而國民黨應該要在垃圾堆裡。大選那日，天天從小麥城帶著啤酒來，我們跟其他臺灣學生熬夜至清晨看開票。我煎了地瓜片當宵夜，油通通熱呼呼的地瓜一下就被吃完了；在大局底定之前我們就知道這一場選舉輸了。成年以來國民黨步步逼近，我在乎的正義公平好像沒有贏過，也不知道以後會不會贏。

天天說，他的整個大學生活來回擺盪在兩種情緒之間：「Why so serious?」以及「Why the fuck not so serious?」

其實最傷心的也就只是你對著人群大喊：「Why the fuck not so serious?」的時候，人群漠然無視，偶有人心不在焉的回你：「Why so serious?」

拿真心換絕情。我與天天抱著絕情回到各自的生活裡。

平凡歲月笑淚交織。天天從貼心學弟長成暖男，知道我適應辛苦，常常找我講話，做我的百科全書。我看不懂的英文俚語與網路用法，天天幫我翻譯成鄉民語言，從來不笑我。推薦很棒的樂團，編音樂播放清單陪我唸書，教我用網路音樂串流服務系統潘朵拉(Pandora)。看到有趣的脫口秀的影片也傳給我，分享美國政治的豆知識。我像是進入田野的人類學家，發現了奇異的習俗就向天天回報，一起對美國社會品頭論足。這些年，我左支右絀地談不成形的戀愛，失敗了就哭著回家找天天。天天會很有耐心地聽，偶爾在講電話的時候不小心睡著，但第二天也會再打來叫我起床跑步。

天天平時玩世不恭，嚴肅起來卻句句是金玉良言。

「真正的勇氣，是那些平凡而細微的，在絕望後繼續生存與生活的決心。」
「空虛時，就挑戰逗笑身邊的人們，包括自己。」
「願我受盡痛苦，使我學會真實。願我精疲力竭，使我學會珍惜。」

天天不離不棄，陪著我在文化之間穿梭，尋找立足點、尋找獨立的路。

我們都畢業離開中西部之後，有一年聖誕節在灣區見面。彼時，我終於告別與室友同居的日子，搬入一間單人公寓。那公寓沒有隔間，浴室與廚房都非常小，一開伙就滿屋子油煙味。但我在那迷你流理台邊做了好多大菜，招待過許多人。

我好想招待天天。當時他在華盛頓特區實習，工作不穩定，但我死皮賴臉地要他來看我，胡亂開支票，承諾做麻油雞紅燒蹄膀薑母鴨炒米粉牛肉麵大腸麵線給他吃。結果他聖誕節當日抵達，我只給他煎了牛排和薯條。他帶著一大包水牛城辣雞翅，我們兩個像從前那樣窩在床上，抱著筆電看超級英雄電影。唯一跟臺灣沾上邊的是特別買來的張君雅王子麵，還有泰國人賣的珍珠奶茶。

天天在床上滾來滾去，皺鼻子撒嬌說：好舒服，自己住真不錯。

我們開始描繪以後的家——不知多久以後，不知在哪個國家——要長什麼樣子。

「要養貓。」

「可是貓會掉毛，會有很多毛。」

「那養狗。」

「那你養貓我養狗。」

「好，那以後我煮紅燒肉你來吃。」

「可以一起跑馬拉松。帶狗跑馬拉松！」

我逐漸意識到，天天不再只是我的學弟。天天是我在美洲大陸上的親人。我們一起成長，互相扶持，for better or worse。隨著我們在各自的職涯中站穩腳步，臺灣的一切也距離我們愈來愈遠。臺灣是我們心裡的共同秘密。我們變成彼此的導航塔，飛得愈遠愈不能沒有彼此，彷彿只有對方能帶領自己找到回臺灣的路。

不知道從什麼時候開始，我們的文字對話往往以我愛你作結。這三個字在中文裡聽來彆扭，暗示著一夫一妻一男一女一生一世的親密，在英文裡卻只是愛、信任與支持。我們在北美沒有家庭，沒有人毫無猶豫地支持我們，為我們由衷驕傲。我們只有彼此能毫不保留地說愛，一遍又一遍地看著對方的眼睛說，我相信你，重視你，你做什麼都可以獲得我無條件的支持。這麼簡單的字句裡蘊含了無窮的力量，但我們卻又總是吝於贈與他人這樣的勇氣。

我每次覺得被世界的惡意打敗，都會再讀一次天天寫給我的訊息。他的訊息裡偶爾漏字，看得出來是一邊忙著一邊打的。但天天一定會說，我很愛你，非常以你為榮，你一定會做得非常好。我一個一個字地慢慢唸，想像天天說這話的神情姿態，然後流下淚來。是這樣的愛讓我哭著也願意繼續向前，因此我總也一遍又一遍地告訴天天：我也要你知道我很愛你。你讓我好驕傲。你對我很重要。

總統大選再來的時候，天天跟我都進入了人生的下一個階段。我進了博士班，而他通過重重面試，加入希拉蕊競選辦公室。距離他（為我打）的第一場選戰九年，天天一躍而上舉世矚目的舞台，為美國第一位女總統逐鹿中原。

又是一個聖誕節。我飛到紐約度週末，再次拜訪天天。機場搭車到布魯克林，我穿過重重警衛到天天辦公室拿他的公寓鑰匙，天天探出頭來速速交代幾句，又鑽回工作裡。我到他的租屋處落腳，花了半個下午幫他做家事。他的房間凌亂不堪，衣服滿地都是，被單枕頭套皺巴巴，吃完的碗盤餐具放在地上。我很認命地打掃房間，然後去超市買食材回家，在他兩隻貓的炯炯目光底下做培根蘆筍蛋寬麵（carpanora）。廚房裡的煙霧感應器非常敏感，我一煎培根就放聲大叫，把我跟兩隻貓嚇得手忙腳亂。該晚天天還是加班，九點才回家，我們坐在地板上吃培根蛋寬麵、蒜頭炒羽衣甘藍，喝藍月啤酒。吃完了我才想起來我有準備開胃點心，於是那一塊柔軟的布里乳酪 (brie)，就被我們當下酒點心吃掉了。一邊看星際大戰，一邊用奶油刀削下一小片、一小片乳酪，放在圓脆米餅上，喀滋喀滋地吃掉。

我們迷迷糊糊地睡著。久別重逢，本來有很多話要說，但見到面卻好像什麼都不用說了。凌晨我起來關電視，幫天天蓋一條毯子，意外發現他頭頂髮量居然變少好多，隱約看得見肉色的頭皮。我心裡一陣酸楚，天天不能不睡覺了，天天要禿頭了。要照顧好自己。我真想照顧他。

我以為是我要照顧他長大的，但其實是他照顧我長大。他陪伴我的、鼓勵我的、支持我的、讓我有力量繼續走下去的，比我為他做的多。天天比我強壯許多。天天是基督徒、雙魚座，有渾然天成的愛；愛是誡命也是天性。天天教會我，愛永不止息。愈是感覺孤單、害怕、能量微弱，愈要努力地付出與關懷。因為愛是一種只要有付出的需要就永不匱乏的東西，彷彿母親的乳汁一樣。

「妳伸出手去愛人，愛就從妳裡面生長出來。」

從紐約告別天天的那日早晨，他陪我吃了早午餐，順便教我怎麼分辨正宗的美國南方料理。然後陪我走到地鐵站，我們搭反向的電車去不同目的地。他最後一次擁抱我說再見，我感覺到他藍色棉襯衫下的年輕身體充滿能量與溫度。我看著天天進入車廂，轉過身向我擺擺手，然後戴上耳機坐下來。電車已經開動，我目送他逐漸被淹沒在眾生當中，車體擋住視線，然後愈來愈遠，被吞沒在隧道之中。我的眼淚還是掉下來了，像是每一次送他，像是第一次送他。

他離開臺灣的那一天，我在桃園機場送他離開。我們說好不哭，我卻在他的身影沒入安檢門後淚水潰堤。

天天毅然決絕地離開，比我們任何人都先一步離開，即使他有一百個理由可以留下來。鍾愛的孩子，要讓他離家。他眼前看到一個廣大的世界，他不是沒有留戀，或害怕，或質疑，但他非常勇敢，膽敢帶著恐懼去世界闖蕩。他的愛比恐懼強壯。

天天讓我深刻地體會到：我們都是被臺灣疼愛的孩子，注定要離開臺灣去流浪，在顛沛流離中鍛鍊出強壯的愛。愛要鍛鍊才會堅強，柔軟而堅強。

天天的愛非常強壯。

生活在他方

二十幾歲的時候，生活好像總是在他方。

十九歲高中畢業，離鄉唸大學，理所當然地踏上行之有年的島內遷徙之路。由南向北，期待教育帶來階級流動。我是南部上來的小孩；雖然我把這個身份隱藏得很好，在滿山遍野的第一代臺北人、第二代臺北人裡，假裝熟練地穿梭在捷運公車之間。

在臺北唸書的時候，常常很想念高雄。太想念了，因此很少回家。我寧可在臺北悶燒著想望晴朗乾燥的冬天，也不願意面對每一次自南返北，上客運時疲倦蒼白的無力感。我在臺北沒有家——宿舍窄小幽暗，除了躺著就是坐在小桌前盯螢幕。我在臺北沒有家——這個城市金玉其外，敗絮其中，明明負擔不起的，卻人人都要打扮光鮮亮麗，不斷餵食肥大的慾望：吃啊吃，買啊買。

臺北使人意志消沉，目光短淺。我曾經抱著多麼遠大的理想期待著臺北：啊，椰林大道霓虹燈，政治理想燃燒的中正廟與自詡臺北曼哈頓的信義區。去到臺北我就能夠最接近世界。那裡必定會有許多（跟我一樣）充滿夢想一般的人吧，我們會一起活滿二十歲的青春吧，我們會改變世界的吧。臺北有一張欺善怕惡的臉孔。以為它是笑著的，接近一點卻認清它的目光從來沒在你身上。我以為是我年紀還小，總想著：「長大就會好了吧？」我現在還在這食物鏈的底層做浮游生物，待我力爭上游，待我獨立自主，日子就會不一樣了吧。

那時的我，臺北必然會更像家，是可以經營生活的地方。

既然是南部上來的小孩，在臺北南區落腳，也是理所當然的事情。挨著大學社區慢慢地生出根來，在奇形怪狀的舊公寓裡探找一席之地。二十幾歲的時候，不敢跟大城市討什麼生活，一張床一張書桌就可以，委屈著也不敢覺得自己委屈，害怕那委屈的念頭一成真，就真委屈了。

日子久了也就習慣。幸好這座城市還有些小確幸的生活可以享受。

臺北南區的巷弄彎曲如肚腸，溫暖肚腸。除了夏天太熱，冬天太濕之外，帶自己去散步一直是臺北美好的日常練習。在某一號碼的弄堂轉彎，會遇見一間婆婆媽媽自營的甜湯小舖，挑對了時間去，可以買一送一，吃一碗紅豆粉圓桂花釀、再吃一碗芝麻湯圓紫米粥。春雨結束夏未至，陽光剛探出頭來的時候是最適宜的溫度了，窩在床上一頁頁慢讀小說，或到漫畫店歪在沙發上，整晚不動腦，看政治不正確的少女漫畫。到週末，我騎上腳踏車大街小巷找東西吃，去烏鐵買一杯翡翠綠茶，是最好的手搖飲品店，沒有之一；去永康街吃一碗牛肉麵，紅燒也好、番茄也好，清燉的也好，但清燉牛肉麵就要另找，凡有清真在店名裡的就好。

最心愛的店還是在溫州街裡，辦桌師傅出身的 Kevin 頂下了咖啡店，日夜測試新菜：拿鐵配煎餃，漢堡套餐裡有一碟魚頭。房租隨著炒房水漲船高，他不得已換了幾個店址，我們一群常客還是如影隨形。肚子餓的時候就上門去吵鬧胡亂點菜：「Kevin，我要吃小卷、油飯、生魚片！」

臺北幾年，翻過幾頁，終於和平共處。它冷臉由它冷臉，我的一張熱屁股找到店家就坐下來吃飯。吃飯請客搞革命，生活裡綿密的人際網絡緩緩地鋪散開來：我知道朋友們住在哪裡。他們的生活作息如何。誰喜歡哪家店，誰又對誰有點意思。這些散落的資訊自成體系，我熟知分析它的各種角度。看準了角度切入，人們在一通簡訊的距離之外。臺北數年，我以為自己掙得一叢舒適圈。這裡有我深愛的人們，我們之間、之上，有我們深愛的土地。

可惜，愛得愈深，失望愈深。

我離開大學的時候，車輪黨復辟。回到陽光燦爛的南部投票，眼見電視上的票數直直往奇怪的方向傾斜。我以為我誠心誠意愛著的 fellow citizens，往一個我知道是地獄的未來西進。自我質疑不斷膨脹：或許是我錯了？或許是我愛的不對？或許是我一廂情願，我滿心想要一起建立共同體的人們將選票狠狠摔在我臉上。

那一陣子臺北不平靜，但翻天覆地的也只是少數人而已。含著眼淚走上臺北街頭，在權力的中心呼喊愛，喊得愈大聲回音愈清晰。國家是合法化的暴力，它握緊拳頭握緊我的心，心碎了，少女的愛很脆弱。愛人的瑕疵在少女的眼裡都是醜惡的謊言。

於是我出國了。被強烈的自我質疑驅逐出國，抱著決絕的心情，告訴自己：既然走了就不要回頭。有點悲壯有點作態地，來到新大陸。新大陸上臺灣退得很遠，臺灣泰國常常被弄錯。新大陸上生活逼得很近，柴米油鹽醬醋茶活生生追到眼前，一日三餐一週買菜六十元，一天讀兩篇文章一年寫字十幾萬。

即使如此，新生活裡陽光比風雪還多：初秋，校園裡裡滿頭蒼黃的落葉木。晚春，風來紫花白花盛開，遍地的黃水仙燦然綻放。我不特別記得在雪地裡獨行，但卻記得每個週日早上、週間傍晚走同一條路去教會、去上芭蕾，每週二走另一條街總會遇到同一個同班同學。他的淺綠色眼珠在陽光下變得透明，我們微笑擁抱說早安然後各自去上課。綠眼珠有某種妖異的魅力，神秘珠寶一般溫柔地反射光芒。讓人忍不住一看再看，目不轉睛，彷彿靈魂都要被吸攝進去。

新生活裡的核心是一個小廚房，我的世界環繞著它團團轉。炸排骨、捲壽司、做紅酒燉牛肉、煮綠豆沙牛奶，烤杯子蛋糕、擺弄水果塔，心血來潮時半夜剔茄子做鑲肉。我喜歡一個人在流理台邊切切洗洗，不同的食材香味安靜地交織出不同的生活紋理。做飯不同於論文寫作，用心通常不會失敗，愛都有回報。我想要過著愛就有回報的生活。

不過，流浪的日子好像一旦開始了就沒有盡頭。既然是不回頭地離開故鄉，眼前便只剩不斷往遠處退縮、引誘人向前的地平線。我在美洲大陸上又搬了一次家之後，想念的方向突然四散開來：臺北成了初戀情人，傷痛都已放下，思慕細微微結成一條淺色的疤。搬離風城，芝加哥卻是新分手的情人，午夜夢迴都還是他的輪廓：璀璨的天際線，喝了酒隨音符搖擺的藍調酒吧，整片、整片向天爭地的摩天大樓，夜裡燈火點點、點點。

我在芝加哥南郊方才建立起來的生活啊，又再次打碎，什麼都不剩，扛著兩個過重的行李與幾箱書，搬到北加州耀眼的陽光下。太耀眼了，我睜不開眼睛，我像是蟄服在暗夜裡太久的鬼魂，這亮晃晃的藍天白雲陽氣太重了，熱騰騰的炙燒入魂，我頭好痛。

灣區的氛圍很奇怪。明明是大城，該有的競爭與壓力一點不少，但人人又在那陽光下作態成開朗活潑的模樣。我捉摸不定其他人笑容是真誠的，或只是加州特有的設定。我傻乎乎地把真心拿出來，有時候是肉包子打狗，有時候卻能收到溫暖的回報。我的成長不但不像是線性發展，簡直像是棒球盜壘差點被雙殺，來回在二三壘包之間疲於奔命。摔了跤，褲子上都是紅土，還是必須奮不顧身地繼續往本壘板衝刺。後頭也沒有退路。

我在成千上萬的亞裔美國人裡努力做自己，卻怎麼也抓不好認同的平衡。芝加哥有一種白人的自持的姿態，在那裡我是任何意義下的外國人；在加州，我躲在亞裔的外表裡卻被排除在亞裔美國人的認同之外。我裡外不是人，手足無措，不知如何是好。

我的生活在哪裡？我的生活在他方。

繞了美洲大陸一大圈，臺灣大選招招手，我又不計前嫌地魂歸故土。尋得長假返臺投票，再次拜訪聽說改變成真的臺北。

去國五年，我不習慣臺北的濕氣，十二度就覺得寒氣入骨髓。夜半被地震驚醒，恍然領悟原來我在如船的海島上，距離厚實的大陸遙遠。狹小的生活空間，鄰里雞犬相聞，這裡不是北美寬闊的大平原。我想念自己的床鋪，貓咪，安靜的廚房，收拾整潔的衣帽間。一伸手就能碰到用習慣的乳液。出門買菜，白酒起司皆貴得不成理，當然不買；市場攤上一排火鍋料又便宜得啟人疑竇，不知那裡面究竟絞碎了什麼生物。最驚人的是自我的轉變。我從吱吱喳喳自我感覺良好的小屁孩變成有社交障礙的博士生。朋友重聚，一大群人笑鬧喧嘩，我發現自己在房間角落，樂得扮演背景，張著眼睛仔細觀察人群。

明明是自己的家鄉了，為何總覺得走在別人的風景裡？我落了一串生活的核心在他方。我的靈魂在異國冶煉成型，我的認同在異文化裡修煉成精。我習慣直來直往討論問題，不記得官大就是學問大。我忘記跟男生出去的時候要咯咯嬌笑，也根本沒意識到三十歲單身之我本人就是問題。

年歲長到這裡，突然才發現現在已經是過去想望的未來。「希望我們都能長成如此那般的大人啊」這樣的話，已經不能再說。甚至要很小心地打探自己，確定自己沒有長成少時討厭的大人。原來成為大人之後，還是沒有完成夢想，只是逐漸習慣未能成就夢想的事實。原來格格不入的無力感並不會因為時間過去而消失，只是，扮演著大人的自己已經能夠接受日日夜夜的挫折感。也可以接受自己尷尬錯亂地站在不屬於自己的人群之中，甚至還自得其樂。

而立之年，我的生活還是在他方。未來在他方，故鄉也在他方。他方是還沒有抵達的未來；他方是已經在身後的過去。我還沒有跟過去和解成適當的距離，卻又還沒能走到想去的未來。甚至還不知道我想要的未來在哪裡。

始終生活在他方，原來是因為無法活在當下，把盼望當成生活。想像中的生活如幻覺般美好，才以為那是生活。終究會有那麼一天嗎？有一天能看清未來，勇敢面對過去，心安理得地對自己說，我定位在這裡了，我的生活就在這裡。

終有一天，生活從他方，來到當下。

"I probably looked as wide-eyed, fresh, and artless as any other student. But I wasn't."

- Jenny

(Carey Mulligan), An Education.

經院路之始

開學那天，所有的研究生新生聚集在校園中心的廣場上，芝加哥大學栗紅色校旗上的鳳凰圖騰展翅飛翔。我們跟著一個很可愛的風笛樂隊繞著校園走，樂手大叔們穿著蘇格蘭裙。九月是最輝煌的季節，陽光燦爛，風雪都在很遠以後。林木的色彩氣勢淩人，陽光下閃爍耀眼的黃。樹葉或有橘的，或有紅澄澄的，或有半透明的琥珀色。氣溫是穿著毛衣可以應付的溫度。人們大聲講話，空氣裡浮動著積極、向上、興奮、自信的神采。我的同學們都穿上整燙過的襯衫和西裝外套（但是也有幾個套著帆布鞋就來了），我聽著自己的靴子在磚路上敲打出聲音。身邊的陌生人指著某個階梯告訴我：「那是神學院。往下走，就是神喝咖啡的地方。」

跟著人群走進洛克菲勒教堂，我的心情複雜。抬頭看，美麗的彩繪玻璃窗戶透射入光芒，恍若天啓。我把自己填塞進小小的教堂座椅中，打開入學典禮的流程表，心想著，要怎麼描述我對這所學校的期待呢？

我是因為過於迷失才流浪到這裡來的。我是因為不願意選擇，才選擇了這裡。我渴望在知識裡平靜，我想要透過智識的挑戰來逃避我所有無法回答的人生問題：

關於青春，關於群體之愛，關於國家，關於理想。來到這裡，不覺得興奮，只想著，在長久的三心二意後我終於拿定主意要坐下來了。就坐在這裡。

於是，好吧，芝大，你好，我來了。

×××

第一個學季必修社會科學傳統思想，課名為「視角（perspective）」。研讀現代社會科學中九大經典思潮，如馬克思主義、現代化理論、理性選擇學派、結構功能論、符號互動主義、文化闡釋學。每週讀幾百頁的書，聽一堂講座，討論課排在週四早晨。逐漸入冬，太陽起得晚，晨間在教室裡每每見天空明亮起來，像一場知識展演的暗喻。

神說要光，便有光，光線照進黑暗，照清曖昧之處。我緩慢摸索前進，從前看不見的，現在看見了；從前不懂得的，現在逐漸懂得了。

我的助教棕髮高大帥氣，站在教室前侃侃而談。慰勞我們早起準時上課，他偶爾帶鄰近餐廳梅蒂奇（Medici）的可頌來給大家吃。我喜歡杏仁可頌，好甜好油好好吃。甜膩的麵皮在嘴裡清脆地裂開，絞盡腦汁的苦思被印記在奶油的香氣裡。甜苦交雜間，我清楚地感受到自己多麼喜歡知識與思考，像是十九歲時讀《想像的共同體》，第一次感受到思辨的美好一般。

這就是啟蒙吧，這是來到光明。我全身上下每個細胞都在跳躍呼喊，想要知道更多。我暗暗對自己說，到三十歲的時候應該還在吃苦奮鬥吧，四十歲的時候恐怕就被責任壓得扁扁了吧，二十五歲的現在，一定要好好享受知識啊。即使在圖書館裡心急得淚流不已，即使被暖氣薰陶得暈頭轉向。即使困惑，即使剪舌，即使踽踽獨行。

在沉默的海德園裡，沒有時間。讀起書來不知歲月，只知道天黑、天亮、肚子餓、上廁所，其他時段僅把自己埋在書桌前，埋葬在生硬冰冷的抽象概念當中。蟹行的字句沉甸甸的，一讀進去就重重地落到胃底，所有能量都跟著向下沉淪。

讀整天、整夜的書，絞盡腦汁思索，連發呆的力氣都不剩。爬上床便落入沒有夢的睡眠裡，直到被下一段文字驚醒。

困倦的時候，腦海裡閃過的片段畫面都是臺灣。溫州街裡加羅林魚木花開，中街仔南北雜貨店的架上放著黑糯米，夜市裡肉燥飯蚵仔煎上油光的反射。如果有便當吃就好了呀——凌晨一點在廚房裡咬著筷子等水滾下水餃，我心想。我在中國城買到臺灣出產的白菜豬肉水餃，該冷凍的，卻忘在冷藏冰箱裡。隔兩天後所有餃子皮黏在一起，變成一塊有肉餡的大年糕。熬夜讀書我餓得慌，仍然滾水煮了來吃，站在廚房桌旁，一邊翻馬克思的《資本論》一邊咬那塊大年糕。

窗外一片漆黑，路燈楚楚可憐，慘黃的燈下空氣裡有一點一點什麼正在反光。噢。雪來了。

我後來體會到，這沉默的園裡，與其說是沒有時間，不如說是人對時間的感知變得模糊。學季制必定是發明來懲罰如我這型拖拉怠慢的學生。短短十週，開學第一天就得唸完一本書，開學第二週就開始課堂報告。從第三週開始，烽火連天，各堂課作業死限此起彼落，殺了一個，還有千千萬萬個。指定閱讀如海嘯來襲，大水前後追趕，後浪推前浪，死在沙灘上總是我。是我，菜鳥研究生如我，疲於奔命，鴨子拚命滑水只求存活。

芝加哥那一年是暖冬。雪雖然來了，卻來得零零落落。聖誕節前終於下了一場合宜的大雪，我穿過白皚皚的校園中庭去交最後一門報告。石頭路是乾淨的，我卻故意用我新買的防水雪靴去踩雪。嚓嚓嚓。嚓嚓嚓。留學生活如雪地行路——你以為自己走著直線，但是雪地裡的腳印永遠都歪歪扭扭。但我實在也不在意。因為回首來時路，扎實的一整排腳印，反反覆覆，清清楚楚。我記得自己是怎麼到這裡來的。

是的，我是了為了求取知識而來，為了「增長知識，充實生命」，才來到這以風以雪以寂寞著稱的大學。若不是因為感受到他人的苦難，在年輕的時候揮霍太多不明所以的淚水，我又如何有動機，強迫自己從一個疏懶成性、情緒氾濫的憤怒少女，慢慢一步步成為自律、寡言的研究生。要怎麼做一個有用的人呢？我心裡抱著這樣的疑問，「要如何貢獻臺灣社會呢？公平正義如何可能？」是這樣的質疑和焦慮太清晰，才有勇氣選擇這條沒有盡頭的路走，才有足夠的好奇心走下去。

×××

但是經院裡其實沒有路。走著走著，我遺落了方向感。知識浩瀚如海，我的生命失去了線性發展的重心。我每日研習的文字存在於很遠的過去，我心裡嚮往的烏托邦在很遠的未來。而我在這裡，在當下。四顧心茫然，我只好坐下來，抱著滿肚子問號坐在這裡讀書。

生活於是成了日復一日的堆疊累積。翻過一頁書，再翻過一頁書。寫一篇報告，再寫一篇報告。走一條小路去上學，再走同一條小路回家。我有時覺得自己像是被地層埋葬起來的恐龍，心情好蒼老，塵土一層層壓在頭上慢慢石化了，我要變成石油了。有時，交了功課心情好輕鬆，又覺得自己像是千層蛋糕，蛋皮一層層黃澄澄、晶亮亮地包覆柔軟的鮮奶油，頭頂一顆櫻桃。我開始上芭蕾課，安心擔任班上唯一一張亞裔臉孔，暗戀我的芭蕾老師。我學會喝很多咖啡，分辨酸的苦的豆子，在舌根散發出微妙的烘焙香氣。我帶自己去逛美術館，花很多時間閱讀畫家的小傳，我發現我好仰慕夏卡爾。

我離開了大我，發現自己原來是沒有小我的人。於是挖掘生活小確幸成了新任務：我必須學會享受生活。因為必先豐富自己，才能豐富地給。

每週五下課，偷得幾小時空閒，跟韓國同學正妹吉娜飛奔去吃午餐。吃完飯散步去五十五街與哈波街口，到一家名為 Bon Jour Café 的法式咖啡店吃甜點。五顏六色的馬卡龍、香草奶油千層派、巧克力歌劇院蛋糕都好吃，一點也沒有沾染美國甜點甜死人的惡習。晚上進城去聽藍調，吧裡貼一大張歐巴馬海報。主唱在台上唱對著我們唱 My Girl，還對我眨眼睛——太古典了，眨眼睛！帥氣女酒保聽說我生日，請我一大杯啤酒，交換我親她臉頰一下。週末晚上挑一天去看電影，在十分鐘腳程之外的學生活動中心，學期間幾乎每天都有紀錄片放映，只要五塊錢。結束後去散一個短暫但溫馨的步，走過氣勢磅礡的法學院。我爬到矮矮的石牆上，往前跑起來。

春天來的時候，我發現自己胖了，但不再焦慮了。生活上，好的壞的都見識過了。憂鬱地掉著眼淚搭過地鐵，背景是璀璨的芝加哥天際線。雪後的天空特別清澈晴朗，到海軍碼頭上的摩天輪看湖。那湖像海，比臺灣還大的湖，像海。

春季開學翌日，我選好課，從系上出來，遇見班上同學。他穿著短褲拖鞋留著沒刮的鬍子，吹口哨正計畫去游泳。陽光下他的綠色眼睛好清澈，是一片綠色的汪洋。他說，晚上排完戲去喝一杯吧！他與我，與其他十幾名各院研究生參加國際學社的小劇團製作，演出經典名戲《憤怒的陪審團》。這是新建立起的社群，在繁重的課業下彼此陪伴、共同成長。新的軌道建立起來，生活的列車就這樣依序前進，想停也停不下來。我扛著與自己共生的不安全感，平靜地望著窗外的風景。

學校附近有個美麗的小教堂。我偶爾會溜進去參加週日禮拜，喜歡那儀式與能量。禮拜結束後我會坐在那裡安靜地流眼淚，享受自己跟自己鬧彆扭的寧靜時刻。我其實很喜歡獨處。

我非常喜歡沒有緊急事件的早上，在陽光裡醒來，慢慢感覺自己的意識一點一滴聚集。我也喜歡一個人在宿舍裡跑上跑下，張羅一杯茶一盤點心，假裝要讀好久的書。選好一部電影，翹著腳看，然後在沙發上不知不覺地睡著，在男主角還沒有變成英雄之前。凌晨兩點鐘突然清醒，見電視螢幕反覆跑著影片片頭——那一瞬間覺得好寂寞。慢慢摸上床，迷迷糊糊間，感覺自己的體溫在被褥裡累積，又覺得平靜而溫暖。

我不斷給自己加油打氣。嘿，妳要加油，盡力就好，每一篇文章都比前一篇更進步就好。不斷提醒自己不要跟人比。有什麼好比的呢？妳的人生是妳自己過。妳走到這裡了，以後還要去更遠。嘿，不要哭，生活就是有這麼多雞毛蒜皮的天災人禍，要努力克服。妳現在只有自己要照顧，以後要照顧好多人。要享受只有自己的生活。

在異國的天空下我逐漸舒張成獨立、清晰的自己。我漸漸可以面對離家出走的事實。故鄉沒有離開我，是我離開故鄉。我放棄一種自由，求另一種自由。拿幾年青春去坐一場牢，遠離家鄉，遠離心愛的人，把自己關起來。關在思想的荒野裡，頭頂只有一片天，眼前是漫無邊際的未知之地。

把自己關起來，才能得到自由。我的身體被困在學術象牙塔裡，我的精神卻求得自由。

×××

畢業典禮我本來是沒有要去的。在我心裡，我畢業的時刻在春季學期結束後的某個淩晨四點鐘。我熬夜寫完最後一堂課的報告，天還沒有亮，但黎明之前的鳥鳴已經啁啾不停。我撐著背痛的身體飄到地下室去列印報告，整間宿舍安安靜靜地散發出熟睡的氣味。我撐著額頭盯著那台飛快吐出白紙黑字的雷射印表機，心下平靜無波。不知不覺之間，九門課就這樣修完了，剩下論文，我就要畢業了。我不需要行禮如儀的黑袍方帽，我也沒有面對過去迎向未來的畢業感言，當然也不曾留下什麼記錄青春時光的照片。

芝加哥大學是經院。每個人抱著各自生命經驗中的困惑來到這裡，芝大不過是我智識成長脈絡中的啟蒙地，我也不過是芝大輝煌歷史中無差別的一張臉孔。

八月初，交出論文，我搬到西岸開始新生活。卻在最後一刻改變心意，訂了紅眼機票飛回海德園。一早拉著行李回到五十九街，睡眼惺忪地從朋友手裡接過服飾，再一次跟著風笛樂隊走進洛克斐勒教堂。仲夏午後，天氣好熱，聖壇上一整排正襟危坐的校長、院長、系主任們，個個全副武裝，厚重華麗的披風與氈帽隨著每一次唱名，鋪散出一陣起伏的浪。

我們一整班被帶到台後。系主任慎重無比地帶著我們走向前，對著廣大的教堂說，

Mr. Principal, here I present unto you the candidates in person in the Division of Social Science who have been certified by after examination to be duly qualified to receive the degree of Master of Arts from the University of Chicago.

而校長站在台上回覆，一字一句緩緩地說：

By the virtue of the authority vested, I hereby confer upon you the Master of Arts, and welcome you to the fellowship of educated men and women.

然後我們的名字一個、一個地被喊出來。走上前，去拿我們的畢業證書。

我展開我的畢業證書，那上面的歌德字體寫著我羅馬拼音的姓名。我在心裡再默唸了一次，University of Chicago。我的經院之路從這裡展開，往不知邊際的方向緩緩衍伸出去。

寂寞美好

研究生活是一長串的枯燥乏味，偶爾遇到一朵火花。看似平靜無波，每天在細細琢磨推敲的苦工裡，咀嚼出生活的紋理與滋味。日子是一字字、一頁頁攢湊著過的，生活的酸甜苦辣編織進寫作與閱讀中。日常刻苦踏實，處處寂寞美好。

日子裡沒有值得期待的事情，於是創造期待給自己。像是童話故事裡的糖果屋兄妹一樣，跟著麵包屑前進。看一部好電影是一塊麵包屑。獎勵自己讀一本中文小說是另外一塊麵包屑。週間認真寫了三千字報告，週末可以帶自己去喝一杯珍珠奶茶，吃一塊起司蛋糕，是好大一塊麵包屑。

寫碩士論文的時候，夏天剛到達海德園。我剛開始學會吃朝鮮薊，覺得那厚實的植物肉感豐腴迷人，每個禮拜起碼吃兩次。但料理朝鮮薊有點麻煩，烤的火候很難掌握，因此我要求自己一定要寫完一個章節才可以進廚房玩耍。論文裡有些段落也就急急忙忙，心不在焉往前走的樣子。訂正註腳格式的時候尤其沒有耐心，滿腦子只想著再訂正幾頁註腳我就要去吃朝鮮薊了，那麼主食要做什麼來搭配呢，是蒜炒義大利麵還是煎雞胸肉，正好用掉剩下的迷迭香。多年後再讀自己的文章，讀到的都是那迫不及待的心情，彷彿聞到朝鮮薊在烤箱裡散發出的熟軟香氣，旁邊一小盅熱化的液狀奶油浮上小小的氣泡。

某些麵包屑則是標記了很大的成就。繼朝鮮薊之後，我的新歡是城裡一家起司爆米花店。爆米花這東西說來也沒滋味，但是鹹香的起司口味跟毒品一樣，吃了反正是停不下來。芝加哥城中心開了幾家分店，我進城總要去晃一下，測驗自己的意志力。寫完論文初稿的那天——其實用非母語寫作，稿子沒有寫完的一天，是你折磨自己到什麼地步才願意放手的問題——我興高采烈進城去看一部關於年輕芭蕾舞者的紀錄片《First Position》。從地鐵站出來，毫無懸念地買了一包起司爆米花進電影院大啖。那是一般日下午，整個影廳裡只有六個人，我把腳抬高翹到前面椅子扶手上，開懷大嚼，吃得滿身都是屑屑。爆米花於是成為我的慶祝儀式，生命每有重大進程，都要買了爆米花去看電影。

學術叢林裡我活得很原始，生命還原到求生狀態，眼睛緊緊盯著前面那一小塊麵包屑。抓準機會直直衝出，落地精準狠狠咬住它，然後再虎視眈眈下一塊麵包屑。

準備博士班資格考那幾個月，我只允許自己週六放假。此為整補日，要洗衣、清掃、還要準備下一週週間的午餐便當。可以不疾不徐地做菜！於是一整個禮拜裡，我最期待週六，最喜歡這一天的空白。像是走的太急，要緩一緩，等靈魂跟上來。週六的經典行程如是：九點鐘晏起，餵自己吃早午餐，喝飽咖啡後拎著環保購物袋到超級市場去。買兩大把蔬菜，蔥薑蒜若干，葡萄橘子蘋果滿懷。再買兩磅絞肉熬番茄肉醬，一盒棒棒腿烤番茄羅勒，或買一條五花肉燉香菇肉燥。舉步維艱把菜馱回家，洗洗切切，放任一鍋熱騰騰的鍋物在爐上悶煮，悠悠哉哉打開電腦寫日記。

我的留學生日記裡因此都是香味四溢的燒煮氣息。去年五月寫櫻花開，聞起來是臺式滷味的紅蔥頭；今年十一月第一場雪降臨，撲面而來的是紅酒燉牛肉裡的百里香。

生活的記憶以各種不同的形式存在。刻劃在不同的介質裡。

離開加州幾年之後，都快要忘記自己曾經在那裡生活過。甚至也不記得自己曾經在那裡深深地挫折過，深深地浸入失敗、軟弱當中，絕望到想要立刻買了機票就回臺灣。彷彿走入曠野的迷失感。

後來居然是一首我從來沒有聽過的歌提醒了我的加州歲月。朋友在臉書上分享 Vienna Teng 的 City Hall，輕快甜美的音符。一聽到，感覺似曾相識，某段記憶在腦海深處微微掙扎。反覆聽了好多次，才想起：「啊，當時的前男友，彈的許多歌都是這種風格。」

在法學院的第一個學期，我常常抱著那本厚重的美國憲法案例，從家裡唸到法學院圖書館，再從法學院唸到男友的書桌前。男友坐在書桌旁彈鋼琴，搖頭晃腦，樂在其中。有許多我聽熟了不會唱也分不清名字的歌，旋律就這樣刻印入最高法院案例當中了。再讀 Casey，記得的倒不是案例事實、法律爭議或判決要點，而是某一串抑揚頓挫的音調。

剛到美國的時候，原來都是這些音樂陪著我啊。Ingrid Michaelson，Priscilla Ahn，Sara Bareilles，唱腔獨特精靈古怪的 Regina Spektor。她們都是獨立的女性詞曲歌手，抱著吉他、倚著鋼琴，唱歌像說話，說話給妳聽。是這些美麗溫柔的音樂撫慰了我初到西方世界的不安與挫折。甚至可以說，是這些樂而不淫，哀而不傷的音樂，帶我走出舊時的我，將二十出頭的我留在過去

我想，身體為了保護自己，早已進化成能夠篩檢記憶了吧。為了要好好地走向前，必須快速地篩檢掉某些痛苦的記憶。但是身體還是記得的。就像樹木記得乾旱與大水。只是不容易讀取罷了，像是忘記雲端資料夾的路徑一樣，明知道它在那裡，卻不記得怎麼去到那裡。

生活裡的寂寞與美好，也就這樣慢慢散落在歲月中。

A Proper Farewell

那是一個風光明媚的星期六傍晚，七點鐘的天空還非常明朗蔚藍。我從教會出來，沿著 Cedar 街往家的方向走，風很涼，陽光很好，是灣區令人羨慕的典型好天氣。

慢慢散步回家。想起兩個禮拜前，Joe 陪我走過這條路，我們一路上討論著晚餐該吃什麼。他剛交出了學期最後一個報告，我說應該慶祝，於是拉著他去吃了日式拉麵，還去看了電影。是一部步調緩慢的電影，不很熱門，戲院裡很安靜。我們兩人從長長的學期存活下來，精神都很差，電影看得迷迷糊糊，Joe 還在中途睡著了。電影中人物的對話細微但清楚地透出來，Joe 均勻呼吸著，那樣的聲音透不進他的夢裡。我記得我轉頭看著他，回想自己也有過很多這樣的夜晚，為了逃避我的人生來到朋友身邊，沉沉入睡。生活的奮鬥都是孤單的，因此一旦來到信任的人身邊，總是累極了，連話都不說就睡著了。

那是我們最後一次見面。Joe現在已經回到首爾，我再過一個月也將搬離加州；待他回到柏克萊完成他的學位（或許再走過這條路），我已經到了另一個國度，開始唸我不知何時將盡的博士班。再過一年，Joe會進入法學院，我不知道又到了哪裡做田野。

橫跨大陸、海洋，在相遇之前我們各自行過千里路，但在相遇之後，我們仍然往自己的命運裡行去，往不再回頭的方向前進。若有命運，命運的註定是一生一會。

相似於此類還沒有開始就說完的故事，在我的研究所生涯當中俯拾即是。有一些催淚的，有一些戲劇性的，有一些溫暖人心的，有一些不明所以的。運輸交通的發達與跨國人力資本的流動，我與我的朋友們無時不刻不在旅行、搬家、換手機號碼。我不知道人與人的關係究竟是深了、還是淺了。是「十年生死兩茫茫，不思量，自難忘」催人心肝呢，還是看著前男/女友的婚紗照浮上臉書動態，令人輾轉反側。一些應該清楚斷裂並永久思念的關係，無法切割，溫溫涼涼地退縮到人際網絡的邊緣地帶，過幾年，偶爾想起來翻翻看看，怎麼都無所適從。

不如當時說了再見，而心知肚明永遠不見。用接下來的一輩子慢慢反芻存在在歷史裡的軼事；一個隱晦的預言，被存封在年輕的歲月裡，待實現。不實現也多麼美好，一種永恆的、朦朧的希望。

×××

關於留學，有很多無邊無際的孤獨、寂寞、焦慮，但人們沒有告訴你，到底，你所能企求的其實只是一個 proper farewell。

留學的路上人來、人往，無法留住任何人，也無法被任何人留住。留學的生命態樣預設是流動，任何嘗試逆流而上的關係，或自以為堅若磐石可以穩若泰山的，終將顛沛流離、或水流穿石。無謂的抗拒只是歹戲拖棚。該走的時候就必須走。該走的時候，好好說再見：感謝自己盡了力以當時的樣貌誠懇對待；也感謝對方的陪伴。相信凡是真心對待過的，將永遠存在在彼此生命裡，是那樣真誠的奉獻使我們在這條孤軍奮鬥的路上成為更好的人。

牽手一起走到叉路口，同意某種核心的連結必須分解，回頭見證過去共構的生活在眼前崩解。然後，你走這條路，他走那條路。再見。

留學生的分手有時輕如鴻毛，有時重如泰山。因求學階段別無所求、求生而已。知識生產線中的底層勞工，生命中的所有都以一種將被遺棄的姿態存有。閱讀經典是為了拆解，追上最新出版品是為了超越。所有博士生念博士班都是為了離開博士班；而且，愈快愈好。隨著新的自己逐漸成長茁壯，舊的自己不斷被剝離、拋棄。人、群體，感情、知識，過去曾經以為擁有的，不斷被新的人事物挑戰、顛覆。留學生的心靈進入準流亡狀態，是鬼魅出沒的場所。當流動成為生命的常態，如何不讓人質疑：人的存在是如此脆弱，徹底的、偶然的產物。而如果你我的結合 (union) 不過是脆弱、偶然的巧合，又有什麼理由，必然要堅守你我生命共同的發展？一旦開始思考這一切，關係的轉換——通常是分手——幾乎是推論必然的下一步。

好的劇本是雙方都共同認知到生命流動的本質，而仍然願意維繫創造某種不可替換、不可取代的連結；壞的劇本是，一方已經進行了脱胎換骨式的痛苦成長，另一方還留在過去的世界裡看天看地、看花看樹看流水。於是：When people grow up, they grow apart.

離鄉背井，如過河卒子般獨立打拚，學習的不只是在不斷定位人生，也學著怎麼判斷放手和割裂的時機。學著有勇氣放棄，然後從失去的那個時間點，往前進。

到底，我們能期待不過是好好說再見。

再見裡摻雜了不少淚水，正該如此。有一些故作輕鬆的幽默感，有一些彆扭，也有一些釋然。二十幾歲，三十出頭的課題可說無所謂，但也可說是舉足輕重。許多決定導向不可逆的結構，限制或打開下一階段人生的選項。

未來還在遙遠的未來，但現在已經不能再馬虎以對。下決定時，決定本身還算輕盈，但是從決定的那一刻開始承載重量。如果決心轉向，能夠好好說再見已經是萬幸。最後一次回頭好好凝視彼此年輕的樣貌，確認彼此在生命中曾經是珍貴的存在。下一次見面已經是兩個完全不同的生命了——如果還會再見的話。再見之後我們各自好好過。

×××

我跟Joe沒有機會當面說再見。他返回首爾之前只有一個晚上的空檔，當晚他花了八個小時打包、搬家。典型留學生顛沛流離的劇本——而我忙著陪伴當時來訪的親友，甚至沒有辦法幫忙。Joe也沒有開口問。上飛機前，Joe傳了簡訊來：「希望我會比我預期的更早再見到你。」

在那之後，我們就從此消失在對方的生活中。

於是，Joe留存在我記憶中的形象，便是他站在教會外面，睡眼惺忪看著遠方的模樣。他美好的下巴輪廓從側後方看，如大理石雕刻出堅硬的線條，奶油色的白裡隱隱透著溫度。他站在那裡，他的側臉與後方的花木扶疏形成一幅靜物畫。我與其他朋友擁抱道別之後走近他身邊，我說走吧，他說走吧，然後我們便轉身走了。平行沿著那條俗稱為美食貧民窟的小吃街走回家——我們都精神困頓，但腳步輕鬆。我們決定去吃拉麵，一路西行。風很涼，陽光很好，是灣區令人羨慕的典型好天氣。社區裡的胖松鼠一跳一跳，綠草如茵，花一路開放。世界美好得像是巴哈的無伴奏大提琴G弦協奏曲。

彷佛我們尚未相遇，也不會分開。

獨立。運動

像是某種隱喻、又像是雙關語，我是在運動裡學會了獨立的意義。

有一年秋天，為了大學社團的舞展，我與幾個同屆的女同學一起到臺北車站附近的舞蹈補習班上基礎課程。我很討厭臺北車站附近的繁擾喧囂，但從小沒有鍛鍊身體的基礎，不容易找到適合的入門課程，因此只得循著社上學長姐推薦來到這間舞蹈教室。

藏身在二二八紀念公園附近的巷道裡，平凡無奇的舞蹈家教班具有神奇的空間。天花板矮矮的，大約是舞者一奮力就會撞頭的高度。僅容兩人側身而過的走道卡進一張櫃檯，一旁拉起簾子就是老師休息室。玄關的兩端一邊是小小的木板地空間，讓學員等待上課時穿鞋拉筋，另一邊是小小的洗手間。最奇特的是那短短走道的盡頭居然擺了一個比人還高的玻璃櫃子，裡面站了一只六呎的羅漢塑像，怒目圓睜，神采奕奕。這舞蹈教室的風景實在很像是我從小長大的各種英文數學補習班，什麼都是窄窄的，人擠進去，要用最有效率的方式傳遞資訊、接受訓練，然後到下一個階段去。

但是我居然很喜歡這個舞蹈教室，也很喜歡教我們上課的歐老師。年屆中年的歐老師看不出歲數，氣質優雅，身材瘦削。社團裡的學姊說，歐老師十年前在她剛來上課時就是長這樣子了，她相信再過十年老師還是會保持得現在一模一樣。其實一輩子與身體一起工作的運動員和舞者，誰不是超乎歲月的藝術品？一眼就看得出來，歐老師是一輩子的舞蹈家，強健的靈魂安放在充滿力量的身體裡。她四肢軀幹的肌肉無一不強壯堅韌，一轉頭，連脖子上細微的筋肉都在飛揚，眉梢指尖都是故事。

芭蕾是入門難，專精更難。像我這樣的平凡人上芭蕾課，不只是身體辛苦，心志也接受鍛鍊。歐老師說，成人學舞，腦子要先想通，再指揮身體做動作。因此上課時必須全心全意地投入，嚴苛地展開從頭頂到腳背的訓練，堅決地服從意志。當然也必須接受自己身體做不到的事實。我記得課堂上吊腿拉筋，俯下身來，把竿上一排細緻的腳踝與角度優美的大腳背，是美麗的背景，對照我呲牙咧嘴的苦痛。我一邊奮力挺直重心腳一邊控制下背，老師走過來調整我的骨盆，順手下壓膝蓋與腳背，微微笑著，「妳這X型腿，練起來，很漂亮。」做側腿練習的時候，因為內側肌弱，我們幾個躲在教室後面的菜鳥苦苦掙扎。她只是很溫柔地說，盡力做，每天都盡力做，身體習慣了就做得到了。

歐老師沒說怎麼做才能訓練成功。她只說，身體習慣了就做到了。成功是習慣。練習多了成習慣，習慣的那一天，進步遂水到渠成。我於是相信，習慣了就是成功。

幾年顛沛流離，我因四處搬家而中斷芭蕾課。幸好又有一年春天，在學校附近的街區找到一間社區舞蹈教室。興沖沖穿上暗紅色舞衣拎著軟鞋去上課。人在異鄉，不在乎其他人眼光，身著基礎舞衣與褲襪就站到把竿旁，大腿梨狀的線條反映在落地鏡中，由他去。毫無遮掩的鏡映逼得我正視自己的身體，接受自己的身體，然後承諾要好好地對待、訓練它。

舞蹈成為我的抗憂鬱藥。講英文講到很煩的時候，我就去上芭蕾課。在課堂上覺得被疏離、覺得自己的聲音和智力都慢慢消失在這群人生勝利組之間（而我無力追趕）；只有芭蕾課，讓我相信、記得「我」的存在。芭蕾老師總說要看著鏡子裡的自己，直到培養出絕對的空間感為止。知道某一種肌肉的痠痛與作用力代表某一種標準姿勢，知道眼神與意念的延伸會帶領身體呈現怎樣的形狀。基礎芭蕾課來回做的就是那幾個動作，初級的舞者和進階的舞者雖是做著一樣的動作，細緻度卻完全不同。心思集中在那幾條肌肉上，想要更精確地控制它、逼迫它、突破極限。幾十分鐘下來，人不過移動幾公尺，心神卻覺得已去過了很遠的地方，疲倦不已。我喜歡芭蕾課後的精疲力竭。汗水黏膩、肌肉痠痛，讓人感受到自己的認知放在身體裡面。我在那裡。我的靈魂放在身體裡。

我也在芭蕾裡逐漸體會面對人生的態度。人是必須要獨立的。要像做 coupé plié 那樣，清楚地使用重心腳站立，抗拒地心引力，然後另一隻腳才能衍伸出去。如果無法清楚地用單腳站立，有擔當地乘載起重心腳應當負荷的重量，作用腳的延伸與動作必定歪歪扭扭，無法乾淨確實。老師說，看起來表現上好像是作用腳的問題，其實很多時候是重心腳不夠穩定。

這體會恰如其分：人生中許多歪七扭八的結果，其實原因在反過來的另一側。大抵是因為不夠獨立，沒辦法穩穩地負擔起自己的重量，後來才長出了不清不楚的惡果。

×××

我雖然非常喜歡芭蕾課，但是適合我的芭蕾課程不容易找到。倚靠著獎學金過活，又擔心過幾年不知道找不找得到工作，我也遲疑該不該投資積蓄在芭蕾課上。於是有意無意地找尋下一個可以持久、又適合獨自進行的運動。

我於是開始跑步。

學校的體育館裡有室內跑道，七圈一公里，我踏上深紅色跑道，邁開腳步一圈一圈公轉不停。跑步的感覺跟上芭蕾課不一樣，逼迫肌肉的強度是逐漸上升的，注意力會隨著跑程漸遠而逐漸升高警戒。我很喜歡讀了一整天書之後帶著混沌的思緒去跑步。前兩公里會感覺自己的身體還很沉重，彷彿帶著無法解決的課題走不出迷霧；第三公里會漸漸停止胡思亂想，因為身體的施力感爬進了意識的核心，必須注意控制腹部穩定，撐住上半身，讓臀部與小腿的肌肉專心工作，帶領身體向前奔跑。我的經驗是一旦克服了前六公里，就跑進了一種宛如神諭的寧靜氛圍裡。身體像是克服了動摩擦力的重物，給一點動能，她就能順利地特定方向滑移。呼吸吐氣配合全速開動的肌肉，一氣呵成，力量不斷向前滾動，身體只是承載那股力量的器具，迫不急待地搶在前頭等著接住自己的具形肉體。

當然，剛開始跑步的時候，還沒有辦法體會這種平靜。最初我只能按照高中時代體育課的要求跑八百公尺，五分鐘跑完就到一邊拉筋，然後去玩划船機。隔幾週跑到兩公里，再隔幾週跑到三公里。當我意識到每天跑三公里正是當兵的標準時，挑戰自己報名半馬的念頭浮上心頭。

所有初次半馬的練習菜單都說，必須要有跑五公里的能力，才有練跑的基礎。老實說，五公里對於剛開始認真跑步兩個月的我，根本沒想過能做到。但任何事情在做到之前都是不可能的。放慢速度，寧可快走也不放棄，幾週後五公里竟然也可以慢慢跑到了。再過幾個月，五公里跑進三十五分鐘，然後慢慢穩定下降到一公里六分鐘的速度。跑進三十分鐘後，接下來就是跑五公里無感。然後增加到六公里，過一陣子又變成跑六公里無感。

學期結束，進入不教課也不上課的夏天，我幾乎每天讀完書就去跑步。每一天都好好的跑，抬頭挺胸、屁股用力。不跑步的時候就做徒手無氧訓練，鍛鍊核心肌肉。跑步六個月後去參加研討會，朋友大吃一驚，「妳瘦好多」。自己天天看不覺得，一對照大學時期的照片才曉得對比驚人，下巴像是被重新雕刻出來一樣。加上一頭為運動方便剪的短髮，整個人看起來機警許多。

跑步不只剝除了多餘的體脂肪，跑步也幫助我把疏懶依賴的自己遠遠甩在後方。

我發現跑步與寫作的節奏非常類似。跑五公里其實跟寫五頁的報告很像，都是基礎能力。把五公里跑好，重心清楚穩定地向前邁進，是關鍵的核心能力。沒能把五公里跑好，歪歪扭扭地跑到十幾公里也只是傷了膝蓋而已。把一篇五頁的報告寫好也是基礎。將論點一針見血地剖析出來，證據和論理鋪陳清楚，不簡化也不碎嘴，需要很多練習才能執行確實。而能把五頁的東西寫好，寫十頁、十五頁、二十五頁甚至是五十上百頁的文章，才能把訊息傳遞得清楚。長文要寫得乾淨漂亮，連結順暢，都是從短文的累積開始。否則只是詞藻堆疊而已。

因而跑步帶來最大的影響倒不完全是生理上的，而是心理上的。深有自知之明的感受無可取代：我知道自己有能力跑到五公里，因此覺得反正十公里也不過就是兩個五公里，十五公里是三個五公里。如果遭遇困難，中間就停下來拉筋喝水，或者第一個五公里也可以慢慢跑。總之不要逞強也不要渾水摸魚，跑完一公里、再跑一公里，總會跑到。寫作也是。不再被長篇大論的文章所迷惑，也不再擔心自己能不能寫到足夠的字數。總之，就像是寫五頁的報告那樣，好好地把一個論點說清楚。說完一個，再說下一個。

跑步人生第二年，我以不怎麼樣的成績完賽初半馬。賽事當天非常寒冷，六公里處天空降下雪來。我不斷流鼻水，雙腿麻木，而且非常想上廁所。開跑不久後我與同伴走失，停下腳步來回尋人未果，我發現自己落入後段班的跑者群內，人人都在掙扎前進。在那樣自知成績不理想的群體當中，我還是感受到無可名狀的意志力。每個人都奮力邁開腳步，一步一步，一步一步，「人生跟跑步一樣，只要拒絕停下來，就沒有失敗」。

跑步、做學問、學習獨立，凡是困難的事情好像都有同樣的原則。慢慢來，比較快。一個月進步一公里，兩年後就跑成了半馬。求學也是，一天讀兩篇文章，寫幾百個字，幾年過去成了博士。獨立大業恐怕也沒有捷徑，必須在日常生活裡不厭其煩地拖磨與深化，才能毫不含糊地站立在自己的腳上。

於是每一天，每一天，只要能夠踏實地讀幾頁書，跑幾公里，就是最好的日子了。若每一天都能朝獨立更接近一步，就是最好的時代了。

研討會

研討會是學者們的嘉年華。人人花枝招展，公開地暴露招搖；遇到喜歡的，可以眉來眼去，展開追求，遇到不喜歡的，也可以當街攔路，指桑罵槐。每年夏天跑完一連串的研討會，回到家，只想躺在床上把自己裹成一顆繭。在會議裡總是過度張揚了，洩漏太多想法，成熟的、不成熟的都已經消耗殆盡。現在得要抱殘守缺，好好孵化思考。

在應當要正襟危坐的研討會裡我總是在三心二意。心想著這米色西裝褲是不是讓我屁股看起來很大，嫌棄台上的老派教授每張簡報字太多字體又難看，留意前兩排坐著的新銳學者動向，又掛念著休息時間不知道有沒有點心可以吃。研討會這場合，以簡馭繁不得就一團亂，太多資訊在空中漂浮，太多聲音搶著被聽見，太多明槍暗箭在閃爍。但說到底，它畢竟就只是一群人坐在那裡輪流說話。兩天，三天或者四天，十幾個人或幾百個人一起玩大風吹，時間一到大家就乖乖找個椅子坐下來面面相覷。

其實研討會裡沒有人能整天專心聽講的，這是天知地知你知我知的秘密。我始終沒弄明白，坐在演講廳裡的人人都教書吧，大家不知道人類的注意力沒辦法超過四十分鐘嗎？為什麼開幕演講硬生生要說一個半小時呢？更何況時差都還沒調過來。看那四散在觀眾席裡的研究生眼皮耷拉著，滿屋子意識流裡咖啡因正與睡意激烈奮戰。唯一容光煥發、聲若洪鐘的，恐怕都是那些負擔得起睡旅館的正教授們，長袖善舞地飛滿全場。我常想，沒什麼地方比研討會更能劃分出學術階級了，強者生龍活虎地上場炫耀，弱者硬著頭皮展演招數。

研討會讓人靈魂出竅也怪不得聽眾。學者是一群最不懂得表達想法的人了，研討會裡的口頭發表，十之八九無聊得不得了。而且這事好像跟資歷或名氣一點關係都沒有。盯著稿唸的有之，投影片亂做的有之，不管去哪裡都講同一套的亦有之。我坐在台下，三魂七魄有大半是被逼出竅的，不發呆我就要打鼾了。以前老覺得是自己資質不好，英文不好，因此聽不懂莫測高深的發表。後來才體會到，身為外國人其實是最好的胡扯探測器，若人把研究說得我聽不懂，八成是呈現方式有問題。畢竟，複雜的概念只能用簡明的方式表達清楚：表達清楚的道理才有辦法複雜，不清楚的東西根本無所謂複不複雜，只是阿雜。

研討會裡讓人心思不定的還有食物。像我這樣的研究生吃貨，到哪裡開會第一件事情都是先看吃什麼。發表研究是兼的，吃東西才是真的。某個夏天在明州雙子城市區開會，遇見一整排攤販卡車 (food truck)，手撕豬肉三明治 (pulled pork) 好吃得不得了。灑一點黃芥末，夾一點芝麻菜，那苦味畫龍點睛，餘音繞樑整個下午。也曾經在渥太華吃到驚為天人的貝果。貝果這東西有點像是燒餅，單吃有點乾，加一點料就很豐盛飽滿。但真正做得好的，口感Q彈，麥香厚實，配著白開水吃也可以很有滋味，抹一點點起司奶油就美味十分。我也特別注意研討會主辦單位提供的咖啡茶水。合格的咖啡必須要暖熱香濃，旁邊必須要貼心地放低脂全脂牛奶與鮮奶油三種。身為臺灣人還是喜歡喝茶，但也只有到亞洲開會，才能在會場看到琥珀色的烏龍茶跟咖啡壺各據一方。那是覺得回家真好的時刻。

其實研討會最讓人心煩意亂的是它選秀的本質。說白了，會議就是個市集，擺著五光十色的知識，自產自銷的研究者聲嘶力竭地向遊客兜售想法。這研究好特別的、這發現好重要的、這計畫好有前途的，讓人眼花撩亂。也是難得的機會，學院固有角色設定被打散了，不管資深資淺，每個人都只有十五分鐘孔雀開屏吸引注意力。我還很年輕，每次發表心裡總是惶惶不安。不知道台下是不是藏了一雙雙暗暗打量的眼睛，自己是樹敵還是招友，是揚名立萬還是自毀前程。偶爾有人真聽懂了，頭頂上冒出一顆點亮的電燈泡，我就心花怒放。偶爾也會遇見非常鼓勵人的前輩。細細地聽了，提出可以改進的論點，推薦投稿的期刊和合作的機會。

到底，我對研討會的感受好壞參半。我最不忍卒睹的是看一群年輕研究生追著大牌教授跑，硬是要讓對方留下印象。像一群蹦蹦跳跳的麻雀圍著一隻睡午覺的貓。那貓的尾巴搖啊搖，拍著地板好像很輕快，但其實心裡很不耐煩。但我也參加過很愉快的研討會，交到相濡以沫的朋友，甚至捕獲過幾隻指導老師。有的研討會喜歡到年年回去。與一群人結合成了知識共同體，好像沒有與他們熱烈地辯論知識與關懷，夏天就無法開始。

要說為什麼每年這樣折騰著還是願意跑研討會，大概就是為了這。就為那十場研討會裡可能會遇見的一個有趣主意。跟一百個人說話，只交到的那一個朋友。也為了那還沒有環遊的世界，為了還沒有被寫出來的曠世鉅作。每年拎著行李箱，把自己塞在窄小機位裡，把生產出來的想法裝扮整潔，攤開在人前。「整個學術界都是我的伸展台呢，」也只有在研討會裡那十五分鐘裡，可以洋洋得意地這麼自我吹捧。

艾蜜莉

認識艾蜜莉時，我們在一群同男的早午餐聚會裡面對面坐著。艾蜜莉傾身過來，眉開眼笑地跟我講她做田野時聽到的笑話：

「欸，你知道人有三種。」

「哪三種？」

「男人、女人、女博士。」

「什麼？」

「男人娶，女人嫁，不嫁又不娶，是為女博士。」

艾蜜莉跟我在同一所大學唸博士班，我唸道貌岸然的政治，她唸仙風道骨的音樂。她是臺灣人，但從小在國際學校讀書。我們雖然背景跟訓練不太一樣，但很合拍。合拍的原因是我們都長了陰陽眼，對性別、權力關係特別敏感。

跟艾蜜莉聊天，是我沉悶圖書館生活中的亮點。我自從申請到研究小間之後，每天都固定拎著便當去圖書館工作。那研究小間只有一坪大小，僅容轉身。悶頭讀書久了覺得自己變成一行字，細細小小的做別人生命的註腳。艾蜜莉的研究小間在另外一層樓。我們偶爾會一起下樓到學生餐廳吃飯。天氣暖和起來，也到圖書館外面，披著圍巾喝咖啡。艾蜜莉冰雪聰明，講話一針見血，表情豐富，不管說什麼都眉飛色舞，雙手翻飛像兩隻小蝴蝶。

研究日常裡處處是磕碰，真正能了解這零碎受罪滋味的，還是只有同陷地獄的博士生。我們是一群特別擅長鑽牛角尖的人，因此也常像是掃地機器人卡在牆角那般不斷自己帶自己撞牆。鼻青臉腫的時候還是需要一個朋友來指點迷津。艾蜜莉見我，或我見艾蜜莉，就是在這種時候。我們帶著各自鬼打的牆來，讓對方把我們轉一圈，離開死角。難過的時候，我們把荒謬的事情一遍一遍地講出來。唉，其實受傷害的諸事轉個角度就是笑話。我們自嘲地重述小女子的天災人禍，多講幾遍，眼淚流出來了也反倒是笑出來的，不那麼委屈了。

學術界的人才培養路徑依賴極度黏著，幾乎在每個領域女人都是少數。艾蜜莉與我同樣身為女人、少數族裔、文化離散者，艾蜜莉又是酷兒，我們一起在別人的文化裡做三重甚至四重弱勢的研究生，苦楚真的是不想則已，一想則沒完沒了。

不管自我介紹幾次別人永遠記不起你名字。社交場合裡面比別人更加開朗更加主動也還不一定能融入談話圈中。有什麼合作機會別人總不會第一個想到你（很可能因為根本記不起你的名字所以找不到你的電子郵件）。聯名一起舉辦活動的時候，明明做的事情一樣甚至比較多，來參加的聽眾總先假設你是秘書、工作人員，很少把你當成主角。

博士養成的過程也是社會化的一部分。把原來對世界的天真熱情澆化成銳利冰冷的觀點。但觀點是作者與世界來回互動，嵌入最適位置的結果。我們既然要在陌生的語言、市場、文化裡踩人家的盤子，就得先理解自己的性別、族裔、背景是在眼前的社會結構的什麼起點，尋求最佳戰略以對。

像我們這樣在臺灣當優勢階級，在北美當浮游生物的女博士生，因為自己也是嚐過特權滋味的，看其他白人異男們享受的結構地位就更加清楚。很多事情他們可以做，我們承擔不起做的後果。別人可以跟學生哈拉、喝酒、忘記登記分數，叫做隨興沒架子，一走進教室裡學生還是稱呼他老師，還是可以維持權威地位；我們是凡事都全力以赴、從未怠慢，每年發考卷後受挑戰的次數還是比其他助教多。學生總是會問你幾歲、畢業沒，聽不出來是好奇，還隱憂著你不夠專業或是不夠格。

別人面對的問題是教得好不好，我與艾蜜莉面對的問題是要先證明我們夠不夠格。我因此養成了在開學第一堂課的自我吹捧習慣：把名字後那一長串學歷與鍍金過的學校丟出來嚇唬學生。穿上高跟鞋，說話時永遠站著，不時點名學生問問題。透過玩弄細瑣的儀式來拉開距離，樹立權威。我其實不喜歡這虛幻的權力建構，但不得不承認，大學生真是欺善怕惡的多。先兵後禮有其道理。

不過生活也不總是天天在打仗。打仗也是要柴米油鹽、埋鍋造飯的。

因此，艾蜜莉跟我聚在一起，常在討論怎麼過生活。我們的獎學金都拮据；但是人可以窮，不可以不快樂。在大城市裡找經濟實惠的小市民樂趣，像是一場遊戲。比方說：究竟花三十塊錢剪頭髮算是奢侈還是必需開銷呢？韓國城那金髮北海道大姐很會剪短頭髮，找她，剪一次可以維持兩個月。也討論保健：中國城有家推拿，每週四學生折扣只要四十六塊，助教健保給付四十五，故實付一塊錢，划算！

夏天尾聲，前一年的獎學金快完了、後一年的獎學金還沒來，我們於是進入以物易物的時代。艾蜜莉一雙巧手，會拉中提琴會修腳踏車，還會熬果醬、烘咖啡豆、做麵包。我沒那麼能幹，但會燉肉燥、包水餃、裹粽子。兩方交換，一大包水餃兩顆粽子換一包咖啡一大粒麵包，半個禮拜的伙食搞定，兩個人都吃得喜孜孜。

在艾蜜莉身上我學到了研究生的美德——凡事計畫，盡力執行，不時享受人生。艾蜜莉給我看她每月的收入支出表，華美詳細地記錄在 excel 裡，六大預算項目一字排開，一目了然。艾蜜莉也教我，每天工作，要把讀書或寫作的時間詳細紀錄下來。幾時幾分開始讀書，幾時幾分忍不住滑手機，幾時幾分又回去讀書，幾時幾分去上廁所。日積月累下來，就能更加掌握自己的工作型態。

艾蜜莉也有許多相當可喜可愛的技能：我去她的研究小間拜訪，她從書桌底下拉出一個長方型的大野餐袋。打開來裡面有數種茶，數種巧克力，咖啡豆，小小一架手搖磨豆機，熱水壺，還有明顯是從臺灣坐飛機來的兩包零食。我倚靠在研究室矮矮的門框邊，看她一邊嘎嗤嘎嗤手搖磨豆機，另一邊熱水噗嚕噗嚕地正沸騰，覺得非常幸福。我居然在圖書館十二樓喝到了手泡咖啡，雖然這咖啡座小得連轉身都沒辦法。但誰管他呢，我一口接一口地吃方塊酥，心想，研究生活如此，夫復何求？

學院生活，一路上雖然鬼打牆不少，鬼遮眼不少，被鬼撞到也不少，但長了一隻陰陽眼看到的風景也多了不少。最好的時刻，也就是這樣跟其他女博士一起坐在權力的背面，喝一杯咖啡，看歲月遞嬗，擔心寫字的事。如此就很好。

女博士

教 GRE 的老方退休了。當年一起準備出國的朋友在臉書上轉來訊息：「妳還記得老方十一張嗎？」

我記得老方十一張啊，我記得來欣補習班，如同我記得臺北盆地的夏天。悶熱，潮濕，擁擠，灰色曖昧的天空與疊床架屋的建物街道，層層掩蓋，讓人覺得看不見未來。我們前仆後繼地湧向美國，彷彿被刻劃下詛咒：「來來來，來臺大，去去去，去美國。」

多數人不知道出國能做什麼。當時的我也不知道，只知道這座城市撒下漫天大網，要將每個人都塗抹成無臉孔的順民。我感覺到勢利而平庸的自己寄生在二十幾歲的身體裡，逐漸肥大。與其說出國，不如說是出走，希望把那個懦弱鄉愿的自己留在腦後。

而出國是一條非常漫長的路。過了一關，還有下一關。

挑戰無止盡，每一次戰鬥都比前一場更艱辛。孤注一擲千里迢迢來別人的社會文化裡自討苦吃。在課堂上做有口難言的小美人魚，眼見鯊魚們環繞四周，悠遊自在。身邊的人生勝利組毫不留情地打擊妳的信心，皺著眉頭冷眼看著妳與第二語言搏鬥。離開舒適圈，重新做人，行跡笨拙。獨行且笨拙。

選校的意義是：妳願意將自己的青春埋葬在哪個城市呢，或鄉間？去哪裡念書都一樣孤寂，差別只是，那樣的寂寞有什麼外觀。去冷的地方念書呢，比較典型，在冰天雪地裡東倒西歪地前進，生命裡累積起幾季飄浪的風雪。妳的心情逐漸變得冰冷堅硬，眼光逐漸變得冷酷尖銳，看待世界都是剔透玲瓏的，沒有人味。去溫暖的地方念書呢，比較矛盾。妳會在燦爛陽光下迷路，世界鳥語花香，但與妳無關。陽光太刺眼了，讓妳暈眩，讓妳發作不得。寂寞與軟弱在身體裡悶燒，妳感覺自己像是吸血鬼見到黎明，馬上就要魂飛魄散。

一開始會哭，但過了幾個月就沒有眼淚了。妳很快地認識到，情緒震盪過度耗費心神。眼淚只有在愛你的人面前才有意義，但學院裡沒有愛你的人。有同學與你相濡以沫，有教師將你鞭辟入裡。但沒有人珍惜妳的眼淚。他們會在你崩潰哭泣時抽出手帕遞給你，將手掌放在你的肩膀上，有禮但疏遠地輕輕拍一拍，然後轉身離去，I'll leave some privacy to you。說是隱私，那手勢裡明擺著：眼淚是妳自己的，情緒是妳自己的，旁人僅可袖手旁觀。把妳自己整理好，穿戴上那專業的姿態再出來，我們在外頭等著。於是妳把眼淚收藏好，在鏡前反覆練習好面對世界的嬉笑怒罵。

留學生都知道——也沒有人會瞞你——求學位是生存遊戲，必須盡全力搏鬥。妳曾以為自己是不世出的天才，爬出井來才發現世界沒有邊際。沿著巨人的臂膀往上爬，見識了比妳聰明百倍的人不足為奇，驚悚的是比妳聰明百倍的人尚比妳用功百倍。放眼望去各個山頭鼎立，人人都還在向天爭地。人類文明追求知識無止盡，博士學位是制度內最後一站。博士之後，在知識生產的產業裡，沒有人能告訴妳何去何從。妳必須在荒野漫漫裡殺出路來。從此還能夠倚靠誰嗎？還能夠取巧，賣弄小聰明嗎？不，其實這生存遊戲不是盡力。是卓教授在《燕子》裡尖銳刺耳的暴烈怒吼：「不是盡力，是人誰不懂得盡力？妳聽好，有十分力氣，你就拿一百八十分作目標，沒這種本事，就趁早別做藝術家！」

每個留學生都有自己的故事。被擊碎、打倒、徹底瓦解的故事。或許不只一個，很多個，不同階段的求學各有不同的苦楚往腹裡吞。我們出國前都聽過了這些故事，也以為自己準備好了面對類似的故事。

But mental breakdown hunts you down. You thought you knew, but you had no idea.

這些故事通常跟生病有關。生起病來就覺得整個世界遺棄妳了，找好了自暴自棄自憐自艾的小牛角尖，鑽進去了就再不想出來。小牛角尖裡是空無一人的宿舍，裝著外帶食盒四散的廚房，還有胃痛的妳抱著肚子趴在洗手間裡咳得撕心裂肺。腦中不斷模擬一百種死後被發現的場景：是房東嗎，是鄰居嗎，絕對不會是指導老師吧。是否該去換上一件比較見得人的襯衫呢，躺在地板上好了，腐爛的我才不會弄髒床單。

通常也跟感情有關。留學生的世界裡，知識質量過度密集。數十年百年的學術作品濃縮在短短數天數月中，要灌注進妳的身體。妳感覺自己被那龐大沉重的黑洞吸引過去，妳的生活消散了，妳的感知模糊了，個人的生命微不足道。知識在妳之前已存在百年，在妳之後仍要繼續生長，個人不過是這學術社群中驕傲但渺小的一份子。有多少伴侶能理解博士生的執拗，彆扭，茫然，自我質疑，還有綿綿無盡頭的邊緣感？

常聽到的是合久的分了，少聽見分久的合。但也很少聽到分了的哭天搶地。時間與睡眠很珍貴，眼淚是奢侈品，留學生很少為誰浪費自己的情緒。世界不會停止運轉；留學生的世界環繞著沒有溫度的抽象知識公轉自轉。妳不是妳自己，妳的世界沒有辦法因為一場感情改變運轉的邏輯。論文還是要發喲。學生還是在教室裡吱吱喳喳。妳深吸一口氣，推開門進去面對妳的世界。

留學生的工作倫理是蠻橫，讀書要讀到至死方休。再怎樣碎成一地的玻璃心，還是得拼湊出一張面對課堂的臉孔。都已經來到這裡了，拚著是個一無所有，總要纏鬥到論文最後一個字、最後一滴氣力、最後一抹自尊（都在文法錯誤裡由大化小由小化無了）、手機最後一格電都消磨殆盡，方得自行宣告不治。

人生哪裡有那麼多煩惱？人生除論文無大事。失眠就爬起來讀書，失戀就哭著讀書，走到這裡反正是沒有路了，置於死地人反倒活轉來了。極端的紀律與磨練裡，妳什麼都沒有了，只有千百本書與心裡一點求知的渴望，那一點渴望救妳。留學生什麼都不需要，就著一點啟蒙的光明，攀著一條細細的思路，胼手胝足爬出九重地獄。

追求知識的本質如此孤獨，妳終將培養出直視自己靈魂的能力。妳的生命核心非常清楚，沒有什麼能夠撼動妳。主流價值對女人的描繪漸弱成背景的雜音，妳的旅途上剩下一個召喚。

經院之路沒有盡頭，象牙塔裡沒有天空，妳心裡懷抱一個未成形的靈感，餵養它，以青春以熱情；痛苦一陣又一陣，每一波痛楚都比前一波更劇烈。妳是孕育者，妳是接生者，知識哇哇哭喊，妳汗流浹背，嘶聲力竭，淚水不止。妳的知識來到人間，妳手足無措，欣喜若狂。

那瘋狂裡妳如此清醒。回首來時路血跡斑斑，妳終於來到這裡。成為女博士。

我忽然想起你
但不是劫後的你，萬花盡落的你

為什麼人潮，如果有方向
都是朝著分散的方向
為什麼萬燈謝盡，流光流不來你

稚傻的初日，如一株小草
而後綠綠的草原，移轉為荒原
草木皆焚：你用萬把剎那的
情火

也許我只該用玻璃雕你
不該用深湛的凝想
也許你早該告訴我
無論何處，無殿堂，也無神像

忽然想起你，但不是此刻的你
已不星華燦發，已不錦繡
不在最美的夢中，最夢的美中

忽然想起
但傷感是微微的了
如遠去的船
船邊的水紋……

敻虹＜水紋＞

When
people grow up,

they ______________________

grow apart.

攝影 / 洪可均

分手：Final Push

從舊金山返臺度假。所有家當已經打包寄往多倫多，了無罣礙，拉著一大一小兩個行李箱帥氣地告別空無一物的公寓，一身清爽地背著背包穿著柏克萊帽T短褲涼鞋登機。飛機起飛前，我重新閱讀了與前男友過去的訊息紀錄，遲疑著是否應該在這支號碼消失在世界上之前，傳最後一封訊息給他說再見。

分手之後——在前男友閃電般又進入新戀情之後——我選擇徹底消失在他的生活圈之外，甚至很偏激地完全改變我搬入北加以來建立起的生活型態。我不再出現在共同朋友圈中，或者回應任何過去圈內人的訊息。老實說，這些朋友們都是正直、善良、值得尊敬的好人們。但我不是。我想我也不應該再假裝我可以變成那樣的人。I never was.

從分手中復原，過程相當痛苦。孤身在外，在沒有其他社群支撐的情況下，一個人獨步經歷了所有該經歷的情緒：痛哭流涕、悲從中來、失魂落魄，失眠、胃痛，這些詞彙都被新的生命經驗賦予了深刻的定義。苦雖苦矣，卻感覺自己的生命更加豐富了。失戀一場，像是被打落地獄般做一趟參與觀察式的田野調查。置之死地而後生，從此對眾生百態有了更細微的體會。

痛苦完了，復健的路才剛開始。感情死絕之後，才成為異化在我之外可以翻揀研究的東西。前男友與有他的生活的點點滴滴，如電影般在眼前流轉而過：睡前，睡醒，吃飯。我從來不曾夢見過他，但偶爾睜眼醒來，會想到以前自己怎樣算計著躡手躡腳溜下床，而他如八爪章魚般捉著我當抱枕不放。我也偶爾想起他會在公寓窗邊等我，看到我下車便衝到客廳按下熱水壺的開關，然後在我進門時邀功式地遞上剛泡好的熱茶。一個人做菜時，才知道自己原來已經很習慣做兩個人的飯，沒有他，我經常吃不完自己的午餐晚餐。按照過去習慣買菜，總來不及吃完，大半又進垃圾桶。

分手後我也清楚知道自己必定要離開西岸。我要走得遠遠的。

找到新工作，搬家打包，屋裡每個角落，總會在不經意處冒出自己曾經與另一個人分享生活的痕跡。即使分手時，我們已經一起仔細巡視過家裡每個角落，把屬於他的雜物打包好讓他帶走。還是有些尾巴留了下來——他忘了一條白色毛巾在我的衣櫃裡，我們都忘了處理一起去看球賽時帶回來的加油大手套。抽屜裡感冒糖漿旁散落兩個小塑膠量杯，其中一個貼了一張黃色螢光便利貼，提醒我們兩個人都在感冒的同時不要喝錯了對方的杯子。從抽屜深處挖出這兩個小量杯時，我像是被死在水管深處的老鼠嚇到一樣，瞪著那兩個小量杯全身僵硬，對峙十秒鐘，小心翼翼戳戳它，然後飛快拿到垃圾桶丟掉。

前男友留下的痕跡，證明我曾經與一個人生活緊密交纏。他是我的一部分，我也是他的一部分。

該不該打包他買的延長線插頭呢？是很可靠的牌子，不容易跳電。為了他買的擦澡巾，為了他特別從臺灣帶來的桃酥。AT&T的網路服務又怪裡怪氣的了，沒有他幫我打電話去跟客服吵架，我得花好久的力氣把自己準備好，才能自己打電話去跟客服用英文爭論。

你好嗎？我很好。

我在登機口反覆看著手機，反覆地想。我想傳簡訊說的也不過就是這句話。一直都只是這句話。你有通過大綱口試吧？你不再失眠了吧？她在你身邊嗎？她有好好照顧你嗎？你們應該聊得很好，會一起窩在床上哈哈大笑吧？他給妳我不能給的吧？我沒有恨你，討厭你，我非常真心地希望你過得好，一切順心，成為更好的人。你恐怕不會成為什麼偉大的學者，但是要過平凡快樂的中產生活大抵是不難的。你可以的。要給自己多一點時間，多試點新的東西，然後你會很好的。

我要說的也不過就是這些。如果可以心電感應的話，我願意讓你知道我很好。我不想被任何人打擾，也不想跟任何人有牽扯，我蜷曲靜養，如穴居，呼吸、運動、讀書、看電影。沒有人來打擾我，沒有人進入我的生活，我一個人吃飯、旅行，看了好多新的風景，去了好多地方（而且決心要去更多），在不同的天空和陽光下仰頭生長。我的生命越來越強壯，我繼續向前，踏步、再踏一步，緩慢也不停止，人生就不會失敗。我沒有放棄信仰。我知道自己在慢慢地康復，等待有一天，我鼓起勇氣把自己打開來。或許可以跟另一個人經營新的生活。

離開你之後我過得比較好。我不再比較現在的生活，與有你的生活。對我而言，歷史必須是線性地向前發展，線性發展暗示著更好的發展。我們過去的生活安靜、茫然而幸福，我現在的生活平靜、警醒而充滿可能性。都很好——而因為我不能承受或許「我們過去生活比較好」，我決定相信我現在的生活是最好的，而且最好會一直更好。必須更好。才不枉我們一起流的淚、傷的心。

分手之後總是必須要經歷過一段強迫快速忘記的日子。把所有錐心刺骨的記憶都丟掉，拖著脫了殼的自己往前走。脫了殼的自己如此孱弱，一步步匍匐在砂礫地上，血跡斑斑。過去了一段路後，回頭想想，發現自己所剩的並不多了。與對方共同所擁有的並沒有什麼留下來。留下來的是只是痂脫落後的自己。新陳代謝完畢，新肉是粉紅色的，帶著消化後的感情留下的養分。

那麼，我想可以這樣說吧：我們的感情在分開之後仍然很美好。你讓我走得更遠。如果還能對你有什麼盼望的話：我希望你能這樣看待我們的感情。分手時，流淚跟傷痛都是短暫的；但若是真誠對待過彼此，連愛剩下的剩餘能量，仍然能make a final push，讓我們在自己的人生裡走得更遠。

分開了還有愛，我們都走得更遠。若是愛：愛裡是沒有恨的，愛後是讓人更強壯的。

分手：Heartache Attack

分手之後需要多久，才能從過去的記憶之中解放出來？

朋友打電話來求援：「分手至今，我還是每天都想到她。」我說，我也是。而且我知道很多人都是。我常在入睡前和初醒時遭受心痛攻擊，像是心臟病發那樣的被過去記憶中的片段畫面擊中，然後就再也無法入睡。即使搬家、換了一個國度居住、進入新的人生階段、與完全不同的朋友來往，每天過著健康、積極，事實上也十分愉快的生活，過去的記憶仍然頑強，無法完全根除。如鬼魅般在夜深人靜時回來尋你。

人的心智如此脆弱，輕易地就掉入自憐的深淵，作繭自縛。

「你究竟從我這裡帶走了什麼呢？」

臺假期間，我去拜訪了一個曾經約會過的男孩。我們初識時，他還只是剛出社會的大男孩，我是青春洋溢的大學新鮮人；幾年過去，我成了他當年認識我時的歲數，他熟成為自信的小主管。他帶我去吃晚餐，一切都非常美好——他是個值得尊敬的紳士，有禮地取悅他的女伴。只是，當他傾身吻我，我突然非常清楚，我是寧可自己花錢去住青年旅舍的單人房，縮在兩三坪的小房間裡，也再不願與人分享生活空間了。

我想念的不是前男友。不是睡前我們一起在洗手台前刷牙。也不是我半躺在床上一邊讀《人妻日記》一邊等他關電腦上床。也不是他跳上床後理所當然地伸手擁抱我（而我仍然隱約記得他身體的輪廓與體溫），而將睡未醒之時，他撒嬌地將我困在他胸懷中。也不是朦朧睡去前我們說晚安。我想念的是，我曾經對一個人有足夠的勇氣與信任，那樣的信任強壯到讓我們能夠共同分享、建立生活。

分手破壞的——必然必須終結的——是那樣的信任。

我想我失去了輕易賦予人信任的能力。過去的我，身體界線非常寬鬆，舞蹈的訓練、政治工作的慣性，都讓我能夠輕易地接受他人的情緒與肢體互動。我喜歡與我共舞的舞者們的身體，我們互相依賴、貼近，分享動力，在我與你與他之間，架構出一加一大於二、接近美的空間。大學時代至今始終是憤青的我，一切對社會政治的不滿都來自於心中有愛，不忍世界頹敗。在公民參與還未蔚為風潮之前，我們那小的可憐的社群裡，關係緊密。誰都愛過誰，誰都傷過誰，年輕的靈魂在我中有你、你中有我，我們裡有臺灣。我們動不動就放聲大哭，怒氣沖天，但那一切都來自於我們在乎。太在乎了。

現在我不再（那麼）在乎了。

在乎的我，必須被留在過去。我們長大了、分開了、向前走。

他從我這裡帶走的，那段感情挑戰了我的，是我的信任門檻：從今而後不再那麼容易在乎。

Heartache attack 會產生的理由，恐怕是，偶爾仍然會想起那樣充滿正面能量的自己吧。天塌下來也不怕似的，要約會了也沒有特別打扮，穿一件醜醜的紅色帽T和睡褲就出門去了。他的左手向後牽起我的，我們不知道要去哪裡，但知道要一起去。正面的、溫暖的信任正在建立中，我們都全心全意地期待對方在自己生活裡的存在。那樣的線性史觀後來被證明僅是相對的。

現在的我，雖然也十分快樂，但是卻再沒有能量分享予他人了。那樣天真美好的心情，是永遠失去了。

分手：To Part

我近來已經不想念了。想是常想的，但是知道已經過去了，所以想也沒有關係了。在英語世界裡流浪幾年，看電影慢慢不用字幕，因此那些聲音的細節就更加清楚。電影裡的年輕父親抱著女兒說：「Hi baby doll」，我就想起你怎麼從臥房裡冒出來，到廚房飯桌邊來找我，被磚頭教科書與判例選集淹沒的我，然後說：「Hi baby, baby doll.」

生命中充滿這種不名所以，沒有脈絡，也無法忘懷的時刻。

你的好、壞，快樂、悲傷，都已經與我無關。想來在這樣的太平盛世，你與我都不會過得太差的；我們也不笨，我們也還算努力。往前走吧，不要回頭，生命不會再交錯，若再交錯，已經是兩個完全不一樣的生命了。人生不相見，動如參與商；今夕復何夕，共此燈燭光。

長遠來說我應該還是會很感激曾經遇見過你。

我會盡力忘卻所有美好的時刻，因為非常美好，而知道這樣的美好不會停留，因此非常痛苦。但是在痛苦過後，如果這些美好的時刻仍然沒有被忘記，恐怕就真正是要銘刻在生命裡——因為，最終，痛苦會被忘記，美好會留下。

有些人在我的生命中是連痛苦都沒有留下的，模糊的一個影子，想起來連姓名都不是很確定。因此，痛苦，也仍然是有好與壞的分別吧。能分辨出二者的，應該就只有時間了。

我其實不確定比較害怕哪一個：是最終發現你在我生命裡並不重要（而曾經付出的時間、心神和眼淚終成枉然），還是，最終發現你其實對我非常重要（而對於這已成事實的失去無能為力）。

你把我推出舒適圈，讓我能去得更遠。我終能自由移動、自我的過。分手後最後一次見面，見你一邊掉眼淚一邊說關心，說希望知道妳好不好。我一邊也哭也說我得搬家了，我沒辦法留在這裡，我必須換工作換城市換生活圈。你說這不是太極端了嗎？

我心想：你以為分手是什麼？

分手是從此以後，你與我的核心的連結，將斷裂，而該斷裂將直到永遠。直到永遠。

永遠是一種極端嗎？永遠是一個選擇的事實，不是一種極端。事實上，它只是一種未來的可能性，而你我的選擇，將永遠變成事實。

不會再見了——不如不見。我把我一部分的靈魂留給你了，把你們一起留在過去裡。然後，我們都往前走。不要回頭。陽光很好，影子在背後，人往前走，影子就在背後。

「人群若有方向，總往分離的方向。」

我與我的想像共同體

《想像的共同體》是我第一本念的政治學經典。二零零五年夏天，我們一群剛考完大學的高中生到臺大社會系參加人文社會科學經典閱讀的讀書會，導師是吳叡人。老師剛回國，我們似乎是他第一批接觸的年輕臺灣學生。

這本書不好讀。安德森百科全書式的寫作方式資料龐雜，我們囫圇吞棗，吸收有限。

幸好年輕的時候讀書，讀的不一定是書本身，是感受。而且愈年輕的心靈，感受能力愈強。這一本認同政治的經典，感召力穿透文字而來。我們一群年輕人不完全知道自己看到了什麼，每日每夜強記硬辯，課堂上馬蹄形桌邊奮力辯解，努力結合書本與現實。拙劣的表達裡，反省還是真誠的。幾週下來，書讀完了，讀得一知半解，只知眼前有一座山，仰之彌高，迷霧裡的輪廓模模糊糊。

讀書會結束後，我們寫了長長的卡片給吳叡人。他說，很感謝，我流下了一滴眼淚。我天真地問：「才一滴？」他說：「我已經很久不流淚了。」

大學畢業後幾年，我準備出國唸書。出國唸書打包是學問，能帶的中文書不多，《想像的共同體》是其中一本。它跨領域的性質，似乎也預言了我的智識發展路上的多重認同。高中時想讀政治系，大學唸了法律系，到美國還是三心二意，兩邊各拿一個碩士。最後關頭——真的是到要簽名的最後關頭——喝掉一瓶紅酒，才狠下心簽下政治學博班的入學通知。

我到底是法律人，還是政治人？在量化研究當道的北美政治學界，我關心法律扮演政治角色的取向似乎又裡外不是人。故流浪到加拿大。

我在多倫多開始念政治學博士班的時候，民族主義似乎已經過氣。比較政治課上，教課的老師是現時冉冉上升的明星 Lucan Way，他幾年前寫的《競爭性威權》將臺灣列入案例之一，分析架構也對我們了解臺灣今日政治仍有幫助。但他教國族主義的那一堂課，我們許多同學都不滿意。坐在我旁邊的美國人同學做韓國研究；他在韓國待了幾年，立志要寫出 Shelly Rigger 那本《興起中的臺灣民族主義》的韓國版。

我們忿忿不平，國族主義怎麼教授得如此扁平。

民族主義真的撤退了嗎？我在加拿大四處觀望，民族、國家之間的競合關係還都歷歷在目，苦苦掙扎。加拿大總理哈珀說，魁北克是加拿大裡的國家 (a nation within Canada)，只是它不是獨立於加拿大的國家。今年，自由黨上台，新任加拿大總理又說，原住民與加拿大政府是特殊國與國關係 (nation-to-nation relationship)。

出國這幾年，我拿著 ROC-Taiwan 的護照四處遊歷玩耍，穿越國境不是問題，但說清楚自己是誰才是問題。所有臺灣留學生都明白的苦處。申請系統裡沒有臺灣的存在，發下來的身份文件裡用各種文字載明中國，而護照上明明白白燙金字寫著中國。我是誰？

我的曖昧之處不是我能決定的，這個世界不讓我們決定。而世界很瀟灑地擺擺手，邁向國際（international）甚至跨國治理（transnational）。人人都是地球公民，除了不被地球肯定存在的公民之外。《想像的共同體》裡，安德森對西歐中心史觀的駁斥，吳叡人在導讀裡對臺灣的魂牽夢縈，我在留學之後，有了跨國、長期、深入的流浪經驗之後，越來越能體會。

安德森在他深愛的印尼離世。消息傳來，我在初雪裡再讀一次這本書。距離我第一次讀《想像的共同體》已經十年。在進入冷靜自持的知識生產工業之後，看得懂了。因為看得懂了，那原本隱藏在精準繁複語言之後的深厚強壯的情感，就更清楚了。

博士生讀書，是工作，工作必定有異化的性質。要獲得知識就要先異化知識，把自己抽離開來，站在知識之外冷冷地打量它。因而很多學術產品裡是沒有靈魂的。很多學術產品只是書呆子們自吹自擂的近親繁殖。

但《想像的共同體》裡有溫暖的靈魂。是政治工作者細細穿透硬木版的意志，是知識工作者灌養信仰而成的靈魂。年輕的時候就摸到過的輪廓，不會錯認。從那之後的長長路途，只是為了裝備好分析的眼光，一步步更接近，一筆筆描繪得更清晰。

臉書上朋友們紛紛上傳當年安德森訪台演講時的照片。我一張張瀏覽過去，不禁微笑。那時候我還不認識的好多人，後來在這幾年裡，在我們奪回國家的一場場行動裡，都認識了。

我的想像裡有一個共同體，我愛它愈深，它的呼息就更加清晰。年輕的時候它還很模糊，現在它的臉孔愈來愈清晰。

運味

大學時代，有幾個農學院的好朋友，在農經系的教室大樓裡半秘密地弄了一間社團辦公室。不知道怎麼辦到的，但是那一間大約八坪大小的院學生會辦公室裝了冷氣，鋪木頭地板，擺上沙發床和和室桌，還養了一隻胖嘟嘟的灰斑貓。我們每週五聚集在那裡，一起看當時非常受歡迎的歌唱比賽節目，用投影機將畫面投射在白色牆壁上，彷彿身處八十吋家庭劇院。

那樣的記憶非常美好。每個週五夜晚，時間接近時手機就會斷續地響起來，幾個固定一起看節目的戲咖彼此確認誰該準備什麼宵夜。公館夜市的汀洲路紅豆餅、藍家刈包是常見的，也總有人會買半打清心茶飲的烏龍綠茶解油膩。我們還一起吃過萬隆出名的無骨鹽酥雞，她的百頁豆腐和甜不辣炸得極好，中端微微膨起，充滿彈性。有幾次特別餓，看完節目之後才出發去吃宵夜，二十四小時的京星港式飲茶即使到了兩點鐘也是熱鬧滾滾，我們一行七八個人橫掃整場，埋頭苦吃。我向來不太愛吃蝦子，但是他們的鮮蝦腐皮捲、蝦仁腸粉、芒果蝦捲都讓人流連忘返。

「吃飯就應該一整桌滿滿的。」燙了個爆炸頭的F君埋在菜單後酷酷地說。他是當時生農學院的學生會長，我覺得他是魔術師，一彈指就可以變出音響設備、精美傳單、貓咪、排球、一百張投給特定學生會長候選人的選票，還有過於豪華的宵夜。在那些宵夜裡我們談論了許多關於青年政治的想像，描繪過敵人與朋友的輪廓，稚嫩地沙盤推演選戰的足跡。

以桌菜與啤酒佐政治，這樣的畫面過於鮮明，讓我整個在青春裡追尋自我與社群認同的過程，都無法離開對於一張餐桌的渴望。

二十歲的熱情充滿矛盾。渴望同儕肯定，卻又害怕被團體的色彩定義。人說我們是杜鵑花城，我卻覺得這城裡長滿驕傲帶刺的玫瑰花。每個人都只願意當雞群裡的鶴，於是整個校園充斥著伸長脖子咕咕叫的禽類，扭到頸項也在所不惜。一開始的我無法參透，只覺得踽踽獨行的人們，背影看來如此巨大生硬；後來才發現，那是因為他們過於孤獨而倔強，需要比一般人更強大而溫柔的愛才能將其錘鍊成金箔，交織成綿密的網絡。

我唸書的時候，大學生參與公共事務的旅途一不小心就會走進霧裡。年輕的理想主義者都是從反叛開始的，但一分神，反叛成為反動，忘記叛逆終究是為了建置另一種生活的可能，不是為了滿足自己改變歷史的慾望。

曾經號稱理想的政黨吸收了民主化的養分，逐漸肥大成我們無法控制理解的腫瘤。新的價值秩序未曾建立，原本以為是一個國家，後來才發現只是一個講臺語的政權。權力展演的示範壟斷了人們對政治理想的願景想像，年輕的世代必須花費更高的代價，去證明自己並不是為了權位而來，而是為了實踐希望而來。

我讀書的校園在數年的撕扯之下，動能幾乎消耗殆盡。雖然有幸集結了幾路兵馬，在已經荒蕪的莽原裡埋鍋造飯，搭建出幾座堡壘。但是，雲霧時來，我們滿身濕淋淋，疲倦得除了坐下來吃飯之外沒有其他想望。

阿才的店是我們喜歡坐下來吃飯的地方。最喜歡它的家常菜，混蛋、豬油拌飯都好吃，筍絲豬腳和烤虱目魚在我們眼裡是大菜，只有慶祝或是有個倒楣鬼要請客的時候才會點食。新朋友來訪總是約在這裡聚餐，接待來自香港／中國／菲律賓／日本的學生，用閩南語、英語，廣東腔的中文、偶爾的日文討論崛起的中國，與我們共同乃至相異的處境。在這裡嘻皮笑臉，高談闊論，然後濃睡不消殘酒。二樓的榻榻米是很多次胡鬧的小舞台，承擔這許多年的青春歲月，難怪藍綠色的木頭扶手鬆動，搖搖欲墜。

阿才的店旁邊是勺勺客。口味特殊，太好吃了每次去老覺得吃不飽；我們有幾個女同學對甜食刁嘴，它的奶香小饅頭跟蒙古炸奶豆腐是少數獲得全數評審五顆燈通過的點心。

乍暖還寒之時，流行性感冒最難將息。某次社團學弟重感冒，在男四舍睡了一整天之後臉色慘白地說想吃飯。三個人從紹興南街慢慢地散步到法學院附近的三鮮食府，點了四人合菜。它的白菜獅子頭顏色似乎比較白，但嚐起來肉脂豐潤，白菜的酸味中和脂肪的油膩，吃巧。我們沉默地嚼食，喝了半鍋薑絲魚片湯，學弟摸摸肚子，顛顛倒倒地又回宿舍睡覺。入夜的徐州路幾乎一點人聲都沒有，兩邊高大的樟樹在路燈下是很長的影子。三個人此起彼落的腳步聲，有種相依為命的溫暖。

也偶爾吃龍門。不眨眼地吃掉四十顆水餃，滷筍絲和滷雞翅很貴，只有跟老師去時會忍不住解嘴饞；老師們吃學生時代的懷念，我們打學生生活裡的牙祭。跟同學，或吃清海日式小吃店，它的日式雞腿飯香酥多汁，白飯灑芝麻，三個配菜炒得煞有其事，份量十足，吃完後令人饜足愛睏。李茂生老師的少事法在下午第一節，我總是第一節遲到，中堂下課跟同學飛奔去買清海的便當，到課堂上邊吃邊聽再打瞌睡。

啊無憂無慮的大學生活。

法律系有些課非常繁瑣乏味，但翹課總是要去處。於是在紹興南街巷子裡的「生態綠咖啡」度過了我後半個大學生涯。他們販售公平貿易（Fair Trade）的茶與咖啡，後來也賣北臺灣啤酒，水果醋，巧克力和來自泰緬邊境的手工藝品。在這裡喝咖啡沒有定價，你願意付多少價格自己決定。「生態綠咖啡」像江湖要道的驛站一樣，人們下馬給馬兒喝水吃草，我們下車給自己喝咖啡吃巧克力。交換最新環保／司法人權／性別／校園運動的資訊，後輩認識前輩，拜把再認拜把，然後各自上馬、打開筆記型電腦，繼續下一場刀光筆影征戰。

同樣的足跡在公館也有類似的選擇。吃巫雲或醉紅小酌，吃完之後，去晶晶書庫咖啡館。我不敢吃酸、辣的食物，因此，巫雲招牌的椰汁咖哩雞、涼拌粉絲都只能淺嚐即止。不過他的甜千層餅非常好吃，熱呼呼又很實在，適合冬天雨夜大夥一起瓜分的甜食。

出了巫雲，往右手邊走幾百公尺，就會遇見晶晶書庫。閱讀朋友S君描繪自己同志認同的心路歷程；第一次上臺北就是到晶晶書庫朝聖，見到彩虹旗的那一刻忍不住眼淚直落。至此再沒辦法把課堂上的判例當作白紙黑字的教科書，會看見鮮紅色的心跳，把手放在上面感覺到有淚濕的水氣；對著《祁家威案》會忍不住憤怒，每年春天看到流蘇花開就想到葉永誌。立誓讓法律成為實踐平等與自由的武器，不是統治者的工具。

有一些食物的記憶則與實踐行動緊密相連。

比方說公務人力發展中心旁邊的莫宰羊。麻油麵線、沙茶羊肉都簡單美味；其實是因為價格不便宜，所以最愛吃也最常吃這兩項。每次吃總會想到校園裡被迫搬遷的男生第十三宿舍。當時一起規劃抗議行動的時候，在宿舍的交誼廳裡設計長條黑色帷幕，用來覆蓋傅鐘，以示傅斯年以學生為主體的校務精神被掩沒。我們從莫宰羊買了炒麵回去當宵夜。宵夜放著就天亮，在凌晨五點鐘的椰林大道上，看著學生會的幹部H身手矯捷地沿著傅鐘鐵桿往上爬，將黑色帷幕固定在傅鐘上；昏黃燈光下投射出的剪影，我們一群搗蛋鬼發出歡呼聲大力鼓掌，是一生難忘的畫面。

新生南路巷子裡還有幾間經常吃飯喝酒的餐廳、咖啡館；餐廳老闆通常是資深憤怒／文藝青年，吃久了成了朋友，於是也就特別願意照顧我們。比方說大紅。便餐點海鮮煎餅或泡菜牛肉湯飯，附小菜，辣豆干、黃豆芽、粉絲、海帶各有特色。煎餅的表面酥脆、麵餅料多實在，我經常在餓得頭昏眼花的時候跑來吃它，但每次吃到三分之二就因飽脹而棄筷投降。大紅最精采的還是隱藏菜單；人生第一次吃水煮魚就是在這裡，滿鍋紅通通的燈籠辣椒和花椒，從舌頭辣到眼睛。麻油蛤蠣雞湯、紹興蝦、辣炒高麗菜都好吃。與老闆熟識之後偶爾會被揪來一起喝酒，汾酒、高粱、威士忌跟台啤混搭，我若有一點可以吹噓的酒量，要算一半的責任在大紅上。

高粱嗆了鼻子之後馬上喝蛤蠣雞湯的滋味至今難忘，協調又衝突的美，像青春。

大學畢業後，我也擔任起那個帶大家去吃飯，並且拿起菜單點菜、甚至拿起帳單付帳的角色。學弟說要再把錢算給我，我總說不用了，「以後記得帶你的學弟妹去吃飯。」

吃飯就應該一桌子滿滿地吃，朋友同學夥伴同志肩挨著肩，筷子湯匙相濡以沫，情感在分食佈菜之間交纏。我們有源源不絕的食物、啤酒，還有彼此。我們在溫羅汀與徐州路的巷弄裡流轉，不斷伸出觸角探測新的美食；我們探問哪裡有我們不知道，而且將會存在歷史中的餐館值得嘗試。

我們如此飢餓，對於理想這麼渴望，青春的肉體如同吸水的海綿，囫圇吞下所有食物，不斷攫取下一個可以餵食我們對於正義公理想像的領域。

雖不覺得自己有什麼了不得的力量可以翻天覆地，但這一點點反叛的勇氣絕對不會輕易嚥下。要在這一片血淚斑斑的天空下長成一片茂盛的森林，長成繁花茂密的花園，枝枒向上撐展，天空便永不傾頹。總是要把人聚集起來的，與其在街頭，也可以在餐桌邊。每次與同齡的夥伴聚餐，笑語宴宴間有安心的感受；我想這片天空還不會崩裂，我們在這裡，還有我們這一桌在這裡。

我如何成為女性主義者

每個女性主義者心裡大概都藏著這樣的一個晚上。一邊走一邊哭，不明白自己為什麼哭泣，只知道自己被錯誤地對待(mistreated)了；看不清世界的惡意是什麼樣子，但知道自己遭遇到惡意的壓迫。那是女性主義者的新生時刻。從那之後世界的色彩改變了，本來看不見的壓迫都看見了。

那個晚上，父權現身了。你跟父權交手，敗下陣來。

父權在我大學的時候清晰地現身。第一次撞邪，剛上大學沒多久。我與一群在高中跨校營隊裡認識的朋友一起辦活動，討論當代人文議題。期間大家玩得很開心，描繪知識的臉孔，激烈地辯論臺灣的政治社會議題。我們惺惺相惜，共同體情誼漸長。人們都說大學時期的朋友是一輩子的朋友，我以為這群神采飛揚的夥伴就是他們，好興奮要跟這些人一起長大，改變臺灣成更好的地方。

隔幾個月，幾個他校的夥伴到臺大聚會，晚上住在招待學舍要通宵聊政治。我社團結束後興匆匆趕去，路上接到電話叫我去買宵夜。我接令去買了一袋滷味，走在舟山路上，又接到第二通電話，說不要我過去了，因為他們一群男生今晚不想要女生在場。我提著一袋宵夜，傻了，站在小小福旁不知何去何從。

那我這一袋滷味怎麼辦？那頭心無城府的聲音說，那妳就拿過來了再走吧。我當下又氣又困惑，我們不是好朋友嗎？為什麼只因為我是女生就排擠我？只能賭氣地說：「不要，你們自己來拿，我不幫你們送。」掛了電話又責怪自己沒風度。

後來，真有個兩國交戰不斬來使的傢伙傻呼呼地跑來拿宵夜。我對他發了一陣脾氣，可能還哭了，把他嚇得不知所措。我們當時都不知道哪裡出了問題，好像誰都沒錯，我卻真切地感受到傷害。一路哭著走回女生宿舍，彎曲小路的光線和景象，記憶裡很清楚。委屈深刻鑲嵌進那夜景裡。

父權的現身可以像是這樣，非常幽微，不明究理；但也可以很直接。比方說，剛開始約會的男生，什麼都好，唯一露出馬腳的是微笑著評論：「妳再瘦個五公斤一定很好看。」自詡進步的運動圈，不管內部分工如何，媒體來了鏡頭總是追著男性發言人。任何專業人士若是男性，理所當然地做教授、法官、作家、機要、總統；若是女性，則必須冠上特別說明，才可以做女教授、女法官、女作家、女機要與女總統。

父權有時候也不那麼直接，是包裝在善意裡，一打開來看才明白是規訓，甚至是壓迫。從小看你長大的鄰居阿姨，提醒說洋裝太短了，自己要注意一點不要讓人想入非非。尊敬的指導老師，開會時坐到對面，開玩笑說開會就是看著美女才有效率。（你心想我到底是來當花瓶取悅你的還是來做報告的。）

父權體制是一座迷宮，男人女人異性戀同性戀都在那裡面行走。有些路是死胡同，走進去就沒有前途。有些路坡度特別高，阻力特別大，爬過去了卻到不了目的地，甚至還繞遠路。父權說，女人要美麗、溫柔、善解人意、具備團隊精神。不溫柔不美麗，那妳就等著爬坡繞遠路吧。父權也說，男人要強悍、果斷、保家衛國。如果你恰好是個敏感細膩、宜室宜家的男孩子，那就走進死胡同裡被霸凌吧。父權準備好了路給我們走，不乖乖走，就受挫；乖乖走，就得賞。因此女孩們忙著美白瘦身，男孩們忙著賺錢養家。跟著父權走，是一條路，但這真的是屬於我的路嗎？

我要到多年以後，才終於能夠解釋那晚宵夜事件到底發生了什麼事。公共社群的邊界其實往往沿著性別切割開來，男性，尤其是陽剛性質外顯的男性，仍然是標準 (default) 的公民形象。在各式各樣的公共領域當中，男性的集團總是被賦予理所當然的正當性，是鏡頭與人群眼光聚集的權威角色。男性不斷複製刻板角色，佔據位置發表政治分析，在街頭抗議。

我的小夥伴們並沒有意識到，他們對「同僚」的想像是性別的 (gendered)：那是一群純男性的夥伴，裡面沒有女性。因此，即使在共事的過程當中，人人都肯定合作關係正面愉快；但當私領域網絡成型，延續公領域的夥伴關係時，同僚情誼的刻板設定即出現阻撓。因為，同僚情誼只能男人限定，所以男性須得將女性切割出去。甚至，把女性切割出去是重要的儀式之一：透過裁割女性，男性同僚的邊界更加明確。正因為女性不在公共群體的想像中，純男性的聚會可以提升同僚情誼的密度，更加貼合自我期許的群體形象。

而且，最重要的，女性是少數，可以輕易被捨棄而不影響到群體。我始終好奇，如果當時主要幹部群裡有超過一半是女生，我還會經歷同樣的事情嗎？對我而言非常明顯，而那些男孩們不容易感受到的事情是：在公共領域中，女性往往沒有獨立的身份，或者她的獨立身份通常必須努力爭取而來。即使她的專業能力受到肯定，她的女性性徵仍然會成為議題 (problemtized)。未婚的政治人物經常面臨這樣的挑戰。結果是，她往往必須要壓抑她的女性氣質才能夠獲得公共身份；她的女性氣質愈強，她的權力就愈受挑戰。換言之，我必須先壓抑作為女性的我，我才能作為獨立的我存在。

我因此是被長成女性主義者的。我對政治有熱情，期許自己成為公共事務的領導者。但是身為女性，我不斷感到格格不入。政治的世界，是男性主導的世界，世界習慣男性作為政治的臉孔。

從小到大，即使同樣擔任領導工作，我不斷被當成秘書、公關，我的外貌與私生活不斷成為評論的主題。男性長官或同事相約應酬喬事情，永遠不會找我；有一些門永遠不會為我打開，有一些資源，我永遠接觸不到。我從困惑，不安，到自我否定；一直到成為女性主義者，我才知道，原來不是我的錯，也不是男人的錯，是結構的劇本寫錯了。令人難過的是，往往是那些受挫的才能看清父權的劇本，受益的總覺得劇本不存在。

多年後，當年的夥伴，有些也成了女性主義者。有幾個人是到今天都還能愉快談話的，有幾個人至今不曾再交會。倒不是懷恨，只是覺得有隔閡。我們都是社會化的產物，也會成長，有些錯誤以前犯過，有些永不再犯。但有些人真能一輩子不看見父權，不看見父權的傷害，無須反思他/她的性別權力位置。男性女性皆然。

這樣的人很多，而他們也還會再改變。但就是因為這樣的人存在，我才一遍又一遍地確定了，我要一輩子做堅強溫柔的女性主義者。父權在生活中一遍又一遍地現身，甚至還會拔山倒樹而來。父權打敗過我，我以後也還可能會輸，但它終不能贏得太過輕易。

我一次又一次地準備好，心想，每一次的交手姿態都將更優雅，每一滴眼淚都更有價值。

1106
自由之夏

我把我的青春給你
不是因為想換取忠心的美名
而是單純在最美好的年華
遇見了你 必須愛你（*3）

我有一條藍色的浴巾，跟著我已經八年。環過島，從臺北搬回高雄，飛往芝加哥，遷至舊金山，在北美洲大陸上四處遊蕩，最後落腳多倫多。我也曾經帶著它周遊列國，裹著它泡五湖四海。毛巾不可以用五年的，長期潮濕、高溫下黴菌滋生，早就讓它退休了，但始終也沒有讓它降級為抹布。就這樣洗淨烘乾收在衣櫥裡。

經過多次搬家，我已經非常擅長丟東西。初入經院修課的閱讀資料，陪我度過數個冬天的靴子，真心喜愛的散文集；略經思考，被歸類為「非必須」的什物，其實也就是「沒有必要」的雜物，因此都可以捨棄。但是這條藍色浴巾，是我從兩千零八年的自由廣場上帶回來的——我在那個廣場上遺失了許多東西，包括一件白色的外套和一些二十出頭獨有的天真，但也幸運地帶回了許多永遠存留在我生命裡的美好——它陪著我東奔西跑，見證我向世界出發以尋回家的路。時時提醒我，我的生命究竟是朝著哪一個方向，應該朝著哪一個方向。

當時藍色浴巾與廣場上千萬種物資同坐在綿綿細雨裡。天氣愈冷，臺灣人好像就愈熱情，各式睡袋帳篷防水墊暖暖包，雞酒米血薑母鴨源源不絕地湧入。我們的志工團隊很快被各式物資癱瘓，決定暫停接受餽贈。一個晚上，負責值夜的學弟V遇到了一對坐計程車冒雨來的老夫婦，手上拿著一床紅色囍被。學生們誠懇地再三拒絕，但老夫婦也誠懇地再三堅持。

「這是我們結婚時的被子，對我們而言很重要，所以要送給你們。」

留下囍被後他們心滿意足地走了，像是為臺灣獨立建國盡了一份心力。我看著浴巾總是想到這對老夫婦，想到雨夜裡安靜如山的保暖物資，想到永遠也喝不完的熱薑湯。自己年輕的生命曾經被如此關照、期待著，我們當時如此不成熟的行動，竟然帶給臺灣社會如此巨大的希望。我們何德何能？

其實，也不是我，當然更不是我們青年公民的德行感動人心。運動不能創造人民的力量，只有人民的力量能推行運動。我見識過那種力量。野莓遊行那一天，我在鎮江街口擔任糾察隊員，遊行隊伍綿延不絕，口號聲此起彼落，戰車上的指揮官很明顯還不太會用臺語發表鼓舞士氣的演說。我望向馬路對面，是我們曾經靜坐被驅逐的行政院，門口拉起拒馬，荷槍實彈的警察行伍冷眼而對。我覺得勢單力薄，手上只有一隻螢光指揮棒；但我又覺得無所畏懼，我身後有千萬人民。抗議人群緩步而過，數，十，百，千，數千人裡我辨識出許多張熟悉的臉孔，有我的老師，我的同學，我的學長姊學弟妹，有演員，作家，有曾經的當權者與曾經的受難者。更多的是不可辨識的臉孔：樸實、害羞的路人甲乙丙丁。那便是臺灣人，我們的公民，我心之所向的臺灣人。

每年的十一月六日都是我反省的日子。受人涓滴，當湧泉以報；何況臺灣這塊土地哺育我長大。我更成熟了嗎？每一天都比昨天更進步了嗎？我的愛是否更強壯？是否在自己選擇的道路上，孜孜矻矻地前進呢？我是否言行合一？我所學的能否貢獻於我的社群？

臺灣是我的國家。無論別人怎麼說，無論我的護照怎麼受到誤解，無論她被冠上什麼國號、與什麼樣的旗幟連結國家意象。無論如何，臺灣是我的國家。這是一種感情，一種直覺，一種選擇，是一個可被辯證的主張，但終是一個不證自明的真理。

臺灣被世界政治遺留在未完成的歷史閾境裡。她的噩運，成了青年理想主義者的恩賜。她教導我如何批判：因為我們的世界觀必須從權力的邊緣、從帝國的反面、從擴張的中國天朝主義陰影下被建立。批判並不只是一種思考的訓練，而是一種求生技能，去向世界主張我們要以有尊嚴的型態獨立地存有。批判思考為我們年輕的生命增添歷史的厚度——我知道的越多，便越痛苦，但我樂於承擔這樣的痛苦。詩人說：「心中有愛，不忍世界頹敗。」臺灣多舛的歷史和顛仆的民主進程令人痛苦，但愈痛苦則存在愈真切，痛苦愈深、愛愈強壯。如果不做臺灣人，我在這個世界裡可以無比自由；但如果不做臺灣人，碰撞自由的邊界不會是切膚之痛，我也永遠不會感知到，對自由的渴望如此強悍高貴。

臺灣讓我學會：我們是小國小民，但我們是好國好民。前人篳路藍縷，以啟山林；在我們掙扎過初醒的疼痛後，面向大海，要世界春暖花開。

二零一三年我進入博士班。對我而言，這是值得紀念的一年，不只是因為1106行動五週年，也因為它距離我參加「全國高中生人文社會科學營」正好十年整。

簡稱人文營或人社營的夏季營隊，現在已經逐漸成為我們這一代人文社會研究者的共同記憶。從兩千年開始，國家科學發展委員會人文處陸續與臺灣大學、東海大學、中山大學合作，甄選約兩百名高中生，在七月時提供兩週的密集課程，舉行人文社會科學的專題演講。營隊間，還有博士生帶領小組討論，並安排一定的田野觀察時間。我在高一升高二的暑假到臺北參加人文營之後，又在高三升大學的暑假參加了經典閱讀的課程。

人文營是我決心投入社會科學的起點。在她之前，因數學不好而選讀社會組的我，甚至不知道社會科學是一種分類，可以是一種選項。在南部保守的升學女中，念文組的第一志願不是商科就是外文，充滿性別偏見。直到人文營，我的認知世界才豁然開朗，驚訝地發現，原來我從小就強烈感受到的社群歸屬感、對人類社會組成的好奇心，可以用分析性的語言來描述與理解。第一次聽到政治學家思考規範性價值的感覺可說是石破天驚，我坐在大講堂小小的紅絨椅墊上，毫無遲疑地下定決心要研讀政治學。至於後來大學跑去法律系，八年後又峰迴路轉叛逃回來唸政治學博士，倒是另外一個故事了。

人文社會的學問養成有很大一部分仍然相當古典。面對面的辯論與思考博弈是磨練批判能力的不二法門。換言之，要吃得上這口飯，別無他法，只能把自己愚蠢的想法說出來，接受批評，然後進一步丟出另一個不那麼愚蠢的想法。在這條思辨的路上沒有捷徑也沒有對錯，助教與老師能做的只是用一雙富有經驗的火眼金睛幫助你看見自己的不足之處，不斷將你逼向絕境，但如何能掌握更精巧的思考技藝？每個人都必須找到屬於自己的一套心法。

我至今仍然常想起人文營的畫面。其實都已經非常模糊了，有些場景甚至不確定是記憶誤植，還是真正存在過。但感受還是清晰的，而且愈來愈清晰。討論課總是在一整天演講結束後，晚餐前進行。我們把塑膠連桌椅排成一個圓圈，窗外是夏季午後雷陣雨的天空。我們抓住一個概念，努力地拆解它。由於技巧還很生澀，因此討論總不能一針見血，只是在灌木叢邊拍拍打打。助教坐在一邊冷靜地看護著我們，等我們精疲力竭了才出手清理戰場。幾大疑點釐清，又推著我們往灰色地帶前去。我記得助教問我們，「原住民學生應該加分嗎？」我們說應該，因為偏鄉教育資源不足。「那麼，如果是生長在城市中的原住民，應該加分嗎？」我們有人說應該，有人說不應該，因為競爭點就一樣了，「那如果是父母來自偏鄉，青少年時期轉學到城市的原住民學生，應該加分嗎？」我們陣腳大亂，七嘴八舌。

我後來也成了坐在討論課裡興風作浪的助教。優惠性措施 (affirmative action) 在教育政策中是好大一個馬蜂窩，又是年輕學生可以感同身受的問題，因此我也很喜歡丟出來擾亂一池春水。偶爾挑撥離間成功，看學生們吱吱喳喳吵個沒完，心裡很得意。也會想，啊，當時的助教大約就是這般心情。

人文營裡的講師都是為臺灣學界提供重要思考材料的學者。雖不能說是親炙大師風範（這句話暗示的倫理階級太嚴重了），但回想十幾年來自己與這些學者的學思經歷交錯，倒是有很多體會。

比方說做官後由白翻黑的江宜樺。本來是萬人擁戴的自由主義學者，進入馬英九政府後平步青雲，太陽花學運後臺大學生幾乎是人人喊打。平心而論，江宜樺確實是非常好的老師；至今我沒有遇過比他更善於教學的哲學教授。大三時我修了他的「西洋政治哲學」和「公民社會基本價值」，受益良多。法治(Rule of Law)這個成為我學術關懷核心的概念，是由他介紹到我知識地圖當中的。我修課的那一年，也是他入閣的那一年；入閣後他必須把西政哲調到晚上上課，站在講台上看得出來他累極了，還是滔滔不絕把最後幾堂課講完。最後一節課他給了一場短短的演講，很真誠地說，進入政界幾個月，體會到的比在學界幾年都多。他也鼓勵學生，唸政治的人，如果有機會，應該要去實踐政治。當時的他很誠懇，臺大學生也還很尊敬他。

當年的哲學家江宜樺啟發我進入政治學的殿堂，現在的政治家江宜樺也啟發我的行動意識。我從他身上明確地觀察到，學而優則仕極其危險。學資歷漂亮的菁英專業份子，很有可能正是因為一路從不管他人死活、從未分心投入沒有報酬的公共事務，所以才能完全把成果累積在個人的成就上。換句話說，這樣的人，在進入政治工作之前，從未真正參與過他將治理的社會。他從未體驗、反抗、改變過不公不義。讓這樣的菁英做官，除了極少數的例子之外，他們總是被權力體制馴化，成為國家暴力的一部分。他們不會改變社會。我不斷提醒自己，我不要變成江宜樺，再華麗的學術發表也不能誘惑我，我要在每一個可能的機會反抗。即使那將犧牲我短期的個人成就，我也必須反抗社會對我的馴化。值得慶幸的是，我身邊有許多平凡而偉大的前輩、同輩，不斷在他們的日常生活中拒絕讓正義死去。

政治學的講者除了江宜樺之外，還有同在臺大授課的黃長玲，以及剛返臺沒有多久的徐永明。我大二時修了黃長玲的性別政治，修得不怎麼樣，但是那是我的女性主義啟蒙。那堂課為我裝備好了初步的性別眼鏡，開始讓我有能力去看見、體驗父權。當時是法學院學代的我，曾問過黃長玲，「那些男生都會出去喝酒、吃宵夜，在不是會議的場合喬事情，我無法參與，怎麼辦？」黃長玲答，「女性，或具有性別意識的人應該聚集成團體，以集體的行動對抗。」後來在大學尾聲，我進入學生會，盡力創造性別友善的公共事務環境，包括強調橫向連結、集體共識決等等權力結構的改變。其實，集體的對抗行動也沒有什麼神秘的，說穿了，就是一個人走的比較快，一群人走得比較遠。團結起來，一起站穩就不害怕。不久大學畢業，我進入政界邊緣的智庫工作，頭頂上司正是徐永明。徐永明是絕頂聰明之人，凡事反應很快。這世界對他而言可能資訊流動太慢了，因此他總有種蠻不在乎的神色。剛畢業的時候我還在運動傷害期間，對未來毫無頭緒。徐永明倒是很直白的勸導：「趕快出國去讀書！臺灣社會已經變成一個資源分配嚴重不均的地方了，人們都在食物鏈底下等著撿東西吃。妳現在呢，是根本還沒進到食物鏈裡。」我辭職後專心準備出國，現在也很認分地等在食物鏈底層等著天上掉東西下來。

高中時代，我很喜歡的網路小說《寒假》是一個虛擬的學運故事。從一群高中生的高二寒假開始，到他們進入臺大，在不同的改革派社團中爾虞我詐，戀愛情變，再到他們大學畢業、進入政壇，逐漸立穩腳步為止。說了整整十年的故事。

我很喜歡《寒假》的原因是它總讓我想起人文營：我也是在我十七歲的時候，遇見了一群優秀、尖銳、明亮的人們——英文會說是brilliant minds——我們之中有許多人一起讀了臺大，分散進不同的異議性社團，因為太過年輕驕傲而不知如何好好與彼此相處，以致傷害、疏遠對方。即使如此，多年以後，我也還是會在報章雜誌，網路票選，或者是朋友的朋友的臉書上，認出某張很久不見的臉孔，閱讀對方值得尊敬的豐功偉業。

零三年在臺北石牌遇見的人們，在我的生命當中重複地出現。我接下來十多年的生命，彷彿都在實現那個夏天的預言。我與我的小夥伴們信誓旦旦地說：

「We will make Taiwan a better place.」

「敬臺灣的未來！」

我們也確實都在那樣的道路上前進。

×××

至於我，十年之後，我如同人文營所期待的，真正地進入了學術知識生產體系。大學的運動歲月在一片混亂中結束，我需要強而有力的知識裝備來幫助我了解我自己，了解我與這塊土地的愛恨糾結。

要為臺灣求得一條出路的渴望如此真切，我必須開啟自己的學術之路，才能回應我對這島嶼的關懷，熱情，甚至是焦慮。這是我的追求，也是從古至今，從殖民地到新民主，成千上百個臺灣留學生的永恆追求。我心裡的疑問雖然是被學術語言包裝完美的研究問題，但是說到底，那是一個存有的問題：我從何而來？為什麼我在這裡？我的未來在哪裡？而這些問題都與臺灣的命運相關。由臺灣而生的研究問題因而必須被回答，由臺灣人回答，因為每一寸知識領土的留白都代表著尚待完成的自由與獨立。

奇怪的是，零三年的人文營，以及零八年野草莓學運，原本看似只是生長歷程中路過的站牌，現在卻像是隱形的檸檬水字跡在受熱後逐漸浮現紙上一般，漸次向我揭露了神秘的預言。多年之後，我彷彿終於看清當時印刻在我生命中的隱喻是什麼。

我跟著臺灣，出了國；出了國，臺灣還是跟著來。

第一年研究所結束，我參加了北美臺灣研究學會的年度研討會。成立於一九九四年，這個學會不僅是美洲大陸上唯一一個以臺灣為主軸的人文社會科學研討會，也是全世界歷史最悠久的臺灣研究學會。我與兩個學弟從芝加哥開車到印第安納州的布魯明頓大學發表文章，結束之後，被學姊溫若含捉住。她拉著我在旅館大廳的桌邊坐下，對我說，妳願不願意加入團隊？然後說：「當年野草莓時，在廣場上時，我記得妳。妳在整理資源回收。我知道妳是會做事的人。」學姊亦畢業於臺大，比我年長數屆，是濁水溪社的成員。在臺大時相見不相識，彼此在人際網絡的邊緣。北美大陸上流浪一陣，處處無家處處家，臺灣找上門來，再給我一次機會服務她。

從此之後，我的每一年的夏天都以臺灣研究的年會開始。已經成為某種儀式了，好像沒有熱烈激昂地跟一群人討論知識與臺灣，夏天就無法開始。我吃驚地發現這個世界上居然有這麼多人——臺灣人只是一部分——急切地在拓展關於臺灣的知識地圖。

其實年會裡最讓我驚豔的是臺灣研究跨領域的本質：唸博士班，每個人都在未知的邊緣想盡辦法突破，又因為資歷淺，必須要賣弄艱澀的理論語言向自己的領域證明有進入俱樂部的資格。但是在臺灣研究的年會裡，沒有這些裝模作樣。這是分享知識的地方，我們是一群受過思考訓練的人，興味盎然地期待著更加了解臺灣。參與會議像是行走在知識的饗宴之間，從一個房間到另一個房間，可以跨越時代與空間。本來在聽當代的臺灣香港社運論述學習曲線，換一間房間就變成二十世紀臺灣城市的興起，再換一間房間又成了日本帝國史書寫裡的臺灣意象。

北美臺灣研究學會在二十多年前的創始幹部群，是當年出國留學的學運世代。過去兩個十年以來，凡是留學美國的人文社會科學學者，博士班期間幾乎都直接、間接地參與過年會的發表或運作。他們回到臺灣之後，又投入了各式各樣的政治社會運動，或者成為公共知識份子。隨著我投入學會運作愈深，遇見愈多網絡裡的前輩，我也驚訝地發現，其實我早已在高中、大學時，就已經受到這些人的影響。

比方說像東海大學的黃崇憲教授。零六、零七年他是人文營的主辦人，我們一群高中生曾經在零六年的人文營寒聚受他支持過。某年返臺找他喝酒，席間聽了許多久遠的故事。八零年代的臺大校園多麼保守、沉靜，黨外在無止盡的黑夜當中夢想著革命。他在德惠街的住處是革命份子的聚散地，我聽著想到自己的學生會長選舉，夜裡沒有去處，都在溫州街向內的大紅餐館聚會，店主是多年前《人間》雜誌的攝影記者。黃崇憲聽我描述，眼睛一睜：「我認識小鍾啊！」我暗笑：「我叫他鍾大哥，你叫他小鍾。」

很奇怪，黃崇憲與我差了兩個世代不止，領域大相逕庭，我們共同認識的人卻驚人地多。雖然這些人大多是我的師長、他的學弟妹。我猜想，在他們那個時候，出了國大概就像逃離惡魔島一般，更加不敢不願回頭吧？那麼，在異鄉遇見擁有共同理想的人，大概也更加深刻吧。

xxx

北美臺灣研究學會在二零一六年出版了二十年紀念專書，我拿到試印本的時候，正是夏天剛開始的時候。夏天總讓人覺得靈魂騷動。

每年我都會抽空重讀社會運動理論大師麥亞當的《自由之夏》。發生在一九六四年的美國密西西比州，自由之夏象徵了狂飆六零年代的起點。那個夏天，將近千名的白人大學生組成了志工團從美國北方各州來到南方，協助黑人選民登記、在「自由學園」中任教，並且，捲入了一系列當地白人社群以暴力行為歧視黑人的攻擊、縱火、虐殺事件。有四名志工在這個夏天喪命，八十位受重傷，千名志工被逮捕。然而，自由之夏在美國歷史上留下印記的，不只是它悲壯的情節，而也因為它是六零年代初期，許多美國大學生進入社會運動的起始點。這群志工在密西西比州的經歷使他們脱胎換骨，成為了美國六零年代遍地開花的言論自由運動、民權運動、女性解放運動中堅實的中堅份子。

我常想，二零零八年的那場運動，正是我的自由之夏。我在自由廣場上遇見的許多張臉孔都已經四散入百工百業裡了。看不見、摸不著，但那一場運動使我們脱胎換骨，暗自下定決心要創造下一個民主盛世；我相信會有下一個民主盛世。

我個人的生命史與臺灣的命運緊密結合，竟不可分。社群決定了個人屬性的脈絡，給予了我形塑自我認同的養分與空間，我因而成為一個深愛臺灣的理想主義者。但是同時，也是我自己選擇了成為一個社群主義者：這是我的生命樣態。是我決定了要活出一種與臺灣社群息息相關的生命。我很早就決定了。雖然當時年少的我，智識上並不了解這將如何改變我的職涯與生活方式。但在血液裡來回震動的召喚不容錯認。這樣的呼喊力量如同磁鐵一版，一次又一次，deliver me from evil，讓美好的人們聚集在身邊。

人們之間關係複雜。我們之間，互動重疊，來往深深淺淺，像是晴天下的欖仁樹葉，蓋一層又一層，透翠或著折射的綠。我愛（過）的人，愛（過）我的人，公私領域像是兩張疊放的宣紙，一滴墨水落下便是一張地圖渲染開來。按圖索驥地走，走過大大小小的戰役，走過動盪的臺灣現代政經社變遷，走過理想，走過現實，走進而立之年的困惑。十年以來，我身邊的人聚了又散，散了再聚，我離開人，人也離開我。但何其幸運，總有一個我們。

我群的想像總有一個模糊的邊界：霸權在那頭，人民在這頭。

進入博士班第一年，我參加人文營的第十週年，也是我第一場政治街頭運動，1106 行動五週年。世界遼闊，苦難依舊。回頭看，看清楚了從那一年的夏天開始我就已經自由，從那一年的冬雨開始我就已經啟程。這條路上野花不斷沿途綻放，我與我的夥伴們，繼續著通過世界行往回家的路：為著一個公平、正義、民主的理想，為著走找我們的福爾摩沙。

×××

This force doesn't come from me, it comes through me.

建築在死亡之上的青春與愛

首知陳文成博士之死，是在臺大裡，就在他死去的草地旁。我是大二學生，鎮日睡到自然醒後去社團裡練舞，不怎麼上課。某天被學姊動員去參加學生會舉辦的紀念活動，本來也不知道是怎麼回事，坐在台下聽了半個多小時突然意會過來。台上他們在說的是：有一個人死在臺大校園裡，是國民黨殺了他。

後來演講的老師跟學姊帶著大家穿出活動中心的側門，到陳文成博士當時的陳屍地點。我懵懵懂懂地跟在人群後面，人群的氣氛很奇怪。大約是那樣溫暖的春天夜裡，大學校園青春活潑的氣息太強盛了，怎樣都無法與陳文成的悲劇之死連結在一起。我默默看著草木旺盛的研究生圖書館邊際，實在無法想像，這裡曾經躺著一具被自殺的屍體。概念上知道是一件沉痛的事，但那時候我與死亡的交會非常少，白色恐怖的故事還躺在歷史課本裡，不在我的生活經驗裡，因此也沒有辦法體會痛苦的重量。

過了幾年，國民黨復辟了，臺灣社會轉了個彎，我的生活也轉了個彎，進入了運動不斷的旋渦當中。大學最後一個學期的春天是鄭南榕自焚二十週年。我其實不太確定一開始是怎麼讀到鄭南榕的故事，只記得自己早在那場紀念活動之前就已經知道鄭南榕經營黨外雜誌，多次被停刊，仍然不斷出刊。國民黨威脅說將查封雜誌社並逮捕他，鄭南榕說：「國民黨只能抓到我的屍體，不能抓到我的人。」隨即在雜誌社開始自囚，囤積數桶瓦斯，準備在最後抓捕時刻引火自焚，慷慨成仁。鄭南榕在許多人的文字記錄中都非常鮮明突出，他抽很多煙，從大學時刻就是怪咖，因為拒絕修習三民主義因此沒有拿到臺大畢業證書。他愛妻愛家，追求葉菊蘭的時候非常瘋狂，婚後生了一個女兒名為竹梅，也非常疼愛女兒，常常宣稱是跟別人的太太約會。

鄭南榕的死亡尖銳地擊中我。他的死亡如一場精心策劃的落櫻祭。因為他有渾然天成的神氣，他甘願拿他自己熠熠生光的靈魂獻祭。國民黨是一部殺人機器，他迎向前去，自燃成一股火焰在黑暗的歷史尾聲照亮道路。他燃燒自己血肉的時候必定是錐心的痛吧，我不斷想像著，其實也無法體會那肉體的痛，只感覺到心痛緩緩共鳴。他走了，餘下一世人面對還沒有獨立的臺灣。

我記得自己一個人在宿舍電腦前看鄭南榕得意萬分的演講錄影片段。他用臺語說：「我是鄭南榕，我主張臺灣獨立。」他的手舉起來，說完後放下，自信地停頓著等待台下的掌聲。我也記得我讀了胡慧玲寫的紀念文，她說鄭南榕的女兒寫了一首詩。說鄭南榕是她的太陽，卻是她叫不回的太陽，太陽不見了，她覺得好冷好冷。我也記得我忍不住搜尋鄭南榕自焚照片，被焚燒焦黑的屍體，雙手仍然高舉。我當然也記得鄭南榕並不是唯一一個選擇自焚的烈士，還有在鄭南榕出殯當日奔向總統府，在拒馬前燃燒自己的詹益樺。詹益樺說，「鄭南榕是一顆偉大而美好的種子，我希望自己也成為一顆偉大而美好的種子。」

其實我記得最清楚的是鄭竹梅與葉菊蘭本人。我是女人，我總是忍不住搜尋歷史裡輕描淡寫帶過的女人。竹梅有略微方正的下巴，像是照片裡鄭南榕的輪廓；葉菊蘭竟然一點政治氣息都沒有，戴著一條長絲巾，像是氣質優雅的鄰居阿姨。參加完學生主辦的紀念活動之後，她坐在我們之間，跟我們說故事。她說，鄭南榕自焚那天她還有去上班，她在很大的廣告公司上班，是很帥氣專業的女強人，穿著高高的跟鞋急匆匆趕去雜誌社現場。她記得自己跟鞋踩在階梯上的聲音，很快很急。我後來默默跟蹤葉菊蘭的政治生涯，看了很多影片。鄭南榕死後她有一次公開講話：「我很愛很愛鄭南榕，我也很尊敬他，因為他愛的不是一個小小的太太，一個小孩，而是全臺灣，他愛的是全臺灣這一千九百多萬的人民。他今天為了臺灣獨立，為了言論自由，犧牲了他自己的生命。他不看自己的太太，不看自己的小孩！」她說話的時候聲嘶力竭，因為她的眼淚一邊流著，聲音被哽咽住了，但她很清楚自己要說什麼，必須要說，因此她用盡力氣說。

我常想如果葉菊蘭不是葉菊蘭，鄭南榕還會不會是鄭南榕？烈士死了成了歷史，烈士的妻子繼續活著寫歷史。她與鄭南榕，一生一死，她的生與鄭南榕的死，力量是一樣強悍的；鄭南榕的死有多壯烈，她的生就有多強韌。

×××

其實為臺灣而死的人很多，實在是太多了，而且沒有被記得就被遺忘。大學時代啟蒙以來我困惑不已，為何我們如此善於遺忘？勇於遺忘難道不正是助長不義？

遺忘與記憶是歷史學家的課題，但如何面對記憶卻是每個公民必須做出的選擇。二零一四年，我剛進博士班。二二八前幾天中央社報導一場座談會，會中講者指稱二二八事件沒有元兇，甚至，日本才是二二八事件元凶。臉友們轉貼這篇報導，驚恐不已。已經七十年了，這樣的言論還能夠蟄伏在人們認知的邊緣，以話術將事實一筆勾銷。彷彿大批移動來臺的飛機與軍隊，都是憑空出現；被捉捕與處決的人們，也都是憑空消失。槍枝與刀械在臺灣人身上留下的傷口與血跡被掩埋在人們的記憶裡，不敢說也不敢想。

全世界的獨裁政權似乎都覺得，如果屠殺只存在在記憶裡，就不算是存在；如果不存在，就沒有指揮官需要對暗夜的號哭與恐懼負責。

隔了幾天，讀歷史的朋友F寫了一篇文章紀念陳澄波。陳澄波是傑出的畫家，來自殖民地的平凡學徒，靠著天份與勤力，一躍而上日本帝國的藝術舞台。他的畫筆下有澄澈的淡水海波，有林木蓊鬱的嘉義公園。家人在他筆下有樸拙勤實的古風，孩子穿著胖胖的棉襖，戴瓜皮小帽。年夜飯時人們聚集在餐桌邊，畫家的眼是全視角，將全家人都包納進去。但陳澄波也是國民黨軍隊槍口下的犧牲者。作為地方仕紳，又因少時遊歷能說流利的北京話，人們仰賴他。在二二八的混亂之中，他義不容辭地擔負起與政府對話的責任，穿戴好整齊的西裝前往水上機場與軍隊談判。

他挺直背脊，直挺挺地走進去；他的背脊也直挺挺地躺著出來。

他躺在那裡，直挺挺地躺著，死不瞑目的僵直著。我在許多場合都一再看見陳澄波躺在木板上的遺容。實在不好看，委屈橫死的，如何能好看。但我也逼著我自己看，不只是他，我告訴自己絕對不輕易跳過那一張張死前凝視鏡頭、死後七竅流血的照片。因為死亡的面目如此，獨裁政權的本質如此。這塊土地承載過這些鮮血。此政權後來所宣稱的現代化與經濟奇蹟裡，還有一群被迫沉默的幽魂在背景遊蕩。後面世世代代也都沉默著，任憑教育與媒體一層層覆蓋上權力者的觀點，為著下一代不要心懷恐懼。無知便可以不恐懼。

但無知不是無所畏懼，無知只是無知。擁有知識才可能擁有無懼的勇氣。在真理面前人才能自由。這麼多年後，我們可以面對死亡的來龍去脈。

F說：「終於我們活在了一個可以自由談論陳澄波的時代，終於我們對於這些過往，不需要遮遮掩掩，不需要心懷恐懼。我們可以記得他們，記得陳澄波，還有那些平白消失在歷史的人們。所以我們要一直記得。」

×××

歷史裡的死亡其實沒有很遙遠，歷史裡的死亡往往在當下。臺灣幾乎處處都是田野現場，一伸手就能觸碰到時代巨輪。

出國前後，中學歷史課綱的修改議題還沒有如野火般一發不可收拾，只是溫溫地悶燒在學術工作者之間。我追蹤這個議題許久，閱讀會議側記，相關的報導與部落格文看了很多，每有新發展也都抓空與身邊朋友討論。

無庸置疑，歷史的形塑是權力的展演 (The making of history is no doubt a political project)。歷史課綱的問題開始受到學者矚目，出身法國的高格孚教授來多倫多演講，開場白的第一句就這麼說。我坐在台下，心裡一驚。我是政治學的學生，我也看見了這歷史的書寫裡權力再赤裸不過。眼前浮起會議側記裡王曉波舌戰群雄的紀錄，又想起課綱比較表格中被粗暴改寫的移民觀點，清清楚楚，鬥爭就在跟前。

現時的鬥爭決定對過去的理解，爭的是過去，改變的卻是未來。歷史又遠又近。

不久後全臺遍地烽火，高中生挺身而出接下反課綱大纛，正面迎擊教育部。從暮春到仲夏，我默默看著官僚閃爍其詞，避重就輕，對比學生簡單鮮明的訴求反差極大。可嘆年輕的時候，呼喊都是沒有回音的，奮力出擊徒遭反噬傷身。即使扛著再清晰不過的旗幟不斷吶喊，不斷捶打——權力者的身形卻穩如金湯。他揮一揮衣袖，年輕的生命墜落，他還是繼續揮一揮衣袖。

參與運動學生的自殺訊息傳來時，我正在比利時旅行。這頭是涼爽優美的布魯日，那頭卻是炎熱悲傷的臺北。布魯日的美如夢似幻，據說是歐洲最適合度蜜月的浪漫城市之一。可我所經驗的那一天夏日是傷心欲絕的顏色。坐在民宿的大木桌邊，我看了學生與教育部官員會面的直播，心情低落。媒體鏡頭追著年輕的運動者跑，他們一出門就蹲坐在牆邊抱頭痛哭起來，我不忍看，感覺心裡有什麼埋藏得很好的傷痕也隱隱抽痛，拉著我也紅了眼眶。在運動裡，迷惘與挫敗都沒有盡頭，放眼望去只見得冷冷的世界萬頭攢動。

×××

為何體驗到權力邊界存在時，總是伴隨著巨量的淚水？國家是建立在死亡與暴力之上的，我逐漸理解。

博士班以來我每年都教同一門政治學導論。春季的授課教授品味很奇特，傳統的政治科學主題不太談，反而長篇大論地討論種族滅絕、猶太人大屠殺、優生學與絕育。偏鋒奇招的路數讓助教們很頭痛，這些題目很難讓十八九歲的大一新生起共鳴，討論課上大眼瞪小眼。我本來不明白老師究竟要透過這樣的討論帶我們去哪裡，有一天備課時卻突然恍然大悟：政治學是關於權力的學問，權力的本質正是暴力。與其歌頌讚揚國家的光輝，不如深入挖掘那光芒的核心。國家的過去掩蓋了許多死亡，必須要直視那死亡的形狀與樣貌，才能理解政治輪廓的來龍去脈。

這幾年來，我緩慢但有系統地閱讀學院對國家與社會的討論。國家是什麼？國家是壟斷正當武力使用的實體，韋伯說。在特定領土與人口裡，只有國家可以宣稱自己使用的武力是正當的，而且也只有國家擁有最強大的武力可以將其宣稱付諸實行。

說得更直白一點，國家就是勒索保護費的流氓，提供武力保護以交換稅收，這是提利（Charles Tilly）的一針見血。所謂戰爭創造國家正是如此：當權者為了穩固自己的地位，使土地上的人民甘心交出收入，必須以武力擊退內外威脅建立保護傘。隨著軍隊編制擴大，需要更多收入，現代治理制度逐漸成形以管理稅收與處置紛爭。頻繁的對外戰爭則加速、深化了這個過程，現代國家遂成型。

當然，戰爭的功能不只於此。戰爭是動員民族情感，劃下國家邊界的最好時刻。暴力清楚地分割出一條線，我們在線裡，他們在線外。線裡的是自己人，保護的是我的國家。

剛到加拿大，十一月初，發現許多同學的外套上都配戴紅色罌粟花，地鐵站裡有穿著制服的退伍軍人捧著盒子販售。罌粟花是戰亡將士紀念日的象徵，一開始只是紀念第一次世界大戰的殉亡士兵，後來衍伸到所有殉國服役者。加拿大始終沒有完全獨立離開大英國協，她的國家認同是循序漸進發展的；而第一次世界大戰是她在國際上以獨立姿態展露頭角的重要經歷。

罌粟花的象徵來自於加拿大籍隨軍醫師 John McCrae 的詩作〈在法蘭德斯戰場〉：

罌粟花迎風在法蘭德斯戰場
綻放在十字架間，一排排一行行
標示我們死去的位置
天上雲雀仍在勇敢地歌唱，飛翔
人們充耳未聞，槍砲驟響

我們是死者，但在數天前
我們還活著，感受晨曙與夕陽
我們愛著也被愛著，但我們現在躺下了
在法蘭德斯戰場

輪到你們接手與敵人的戰鬥
從我們失敗的雙手中接過
火炬是你的了，高舉它
若辜負我們死去的信仰
我們將難以安息，即使罌粟花仍然生長
在法蘭德斯戰場

或許是因為是他國的死亡，或許因為其他原因，我對深秋四處飛揚的紅色罌粟花隱隱不安。我默默地想，為何國家認同總是建立在浪漫化的死亡上？不只有人得死，還必須有人再製那死亡。罌粟花飛揚在砲聲隆隆的壕溝間是多麼搶眼的對比畫面，然而戰士缺手斷腿的血腥死亡，卻在詩作裡巧妙地缺席。

為國家而死，是事實還是詮釋？是當權者的，還是人民的詮釋？

我逐漸捉摸清楚少時聽聞陳文成、鄭南榕之死的震動。沿著政治權力的浩浩川流，人的死亡被一分為二：逆者亡，順者昌。有利於當權者的死亡被吸納成國家的論述，殉戰者成烈士，史書記載英名，孩童在學校裡傳唱；而反抗政治權力的死亡，則被歷史遺忘，生存遺跡由國家的手塗乾抹淨。

死亡本身是事實，死亡的意義卻需要理解與詮釋。令我震動的死亡往往是反抗當權者的死亡。那樣的螳臂擋車的死亡，為著追求超乎個人與現實之外的理想。即使以後世的眼光看來是不切實際的嚮往，是缺乏基礎的執著，但不可錯認的是：死者眼裡看見了其他人看不見的遠方。並且坦然以生命做賭注前往。死亡原來是因為超越死亡的能量才有感動人心的力量。

他們死了，只是死了。但我若記得他的死亡，承擔他的死亡，他的死亡便有生命。

×××

說來慚愧，我一直要到大學畢業之後才去了綠島。帶著兩個臺美混血兒朋友去的，一行四人在船上吐得亂七八糟。走在小島上很熱，我們參觀監獄，吃海鮮，掛上泳鏡浮潛，兩個美國人興沖沖地試騎摩托車。我站在礁石磊磊的太平洋邊，藍色的海一望無際。迎面而來的海風黏黏鹹鹹，我的海島魂瞬間覺醒。

啊，我是海島的孩子無誤。

然而這溫暖豐富的熱帶島嶼景色，實在看不出來曾經承載了怎樣悲傷無望的暗夜。這海浪不知道吞吐了多少冤魂，有多少無名的冤魂曾經吞吐過我此時平靜呼息的空氣。

那段時間我非常排斥愛臺灣這件事——我覺得我是真愛她，但我真是不得不愛這塊土地。我討厭那不得不。知道那些故事，碰觸過那些死亡與暴力，我不得不愛，不得不也拿出自己的心給她。畢業之後我做著一份貢獻於臺灣的工作，但很不快樂。我常想，如果我不是出生在臺灣，我應該可以更加理直氣壯、心無旁鶩地選擇與追求個人的成功與快樂。但我終究是個臺灣人，這塊土地生我育我，我沒辦法不憐惜她過去受的傷，沒辦法不欽佩她的掙扎與奮鬥，也沒辦法輕易地別過頭去，拒絕加入她對民主自由的百年追求。我必須愛她。

但是，如果有選擇，妳願意做臺灣人嗎？我始終無法給自己一個問心無愧的答案。

二十歲下半局，在沒有盡頭的異國流浪之中，我很久不再追問這個問題。但從那漫長的沉默甦醒過來，我卻好像有了答案。

承擔肯認這塊土地上的死亡與暴力，是建立自我認同的一部分。年輕的時候，初識國家之惡總是恐懼，感覺自己孤身一人面對龐大的、死亡的陰影，它緊追在我背後。我花了好一段時間才學會：轉過身來，陽光就跟著眼光照進黑暗裡。

若我傾聽瘖啞者，以我的聲音訴說她的故事；若我為盲者見證，我們的凝視就能看見更遠的烏托邦。我是一個人，但是若我懷抱著前人的死亡與苦痛，我便不只是一個人。在這世界上，人不是獨立於歷史社會之外的存有，而是因為有了他人的給予與受付才有了生命的趣味。好好做人，做一個快樂的人，做一個頂天立地的人，也就是做個對過去有愛、對未來有希望的人。

過去與未來，愛與希望，都有根，環繞著我心有所向的臺灣。

我選擇做堂堂正正的臺灣人。如同小王子選擇了他的玫瑰一般，我也選擇了臺灣。因為臺灣是我從年少時就傾心相愛的，是我用身體與行動保護起來的。因為我以眼淚澆灌她，看顧她，因為我除滅她身上的毛蟲。我願意飛過高山海洋為她投下一票，帶她往公平正義的方向前進。我傾聽她的抱怨和自吹自擂，有時候也聽著她的沉默。她是獨一無二的——曾有人為她而死，我們願為她而死。而也不為什麼，只因為她是我們的玫瑰。（*4）

漢納鄂蘭說：「對於人類而言，思考過去的事物物意味著向深層境界移動，意味著扎根，讓自己穩定下來，使他們不至於被任何可能發生的事物席捲而去，不管那是所謂時代精神、大歷史，或者就只是單純的誘惑。」

經歷過暴力與死亡，我們的愛才有了絕對的方向。這塊土地必須更好。我想，這就是為什麼，做一個愛臺灣的年輕人，註定要經歷眼淚與死亡了。因為黑暗裡光明是最明顯的，而愛在仇恨與壓迫裡才更加清晰。走過死亡的蔭谷，我們倚賴著彼此與對這塊土地的感情，成為堅強而溫柔的人，成為無所畏懼的臺灣人。

這島的死亡歷歷，在那之上青春與愛茂盛生長。這塊土地必須更好，我願以青春護航。（*5）

註

1 本文結構取材自 "Prayer for Son" by General Douglas MacArthur.

2 謝謝出借這個故事的友人T。為敘事順暢，採第一人稱。也向三毛致敬，本文開頭取材自三毛《沙漠中的飯店》。

3 好樂團 GoodBand〈我把我的青春給你〉。詞：陳利涴／曲：許瓊文

4 寫下這段句子之後不久，讀到吳乃德為《百年追求》寫下的導言：〈我們共同的故事〉，文末採用了相同的小王子段落。雖是巧合，但是美好的巧合。臺灣不只是我一個人傾心相愛的玫瑰，也是許多臺灣人心中獨一無二的玫瑰。

5 此語出自陳文成博士紀念基金會出版的《人權之路—2008 我以青春為你護航》。陳文成博士紀念基金會多次舉辦「綠島青年體驗營」，連結年輕的臺灣青年與政治受難者前輩。我雖沒有參加過該營隊，但其意義非凡，我深受感動。願以此文誌謝。

跋

以後

許菁芳

這本書寫於二零零九到二零一六年，紀錄著我以為沒有以後的以後。

第一次失戀的時候覺得人生沒有以後了，心如死木，再不能愛。國民黨復辟的時候也覺得臺灣沒有以後了，自甘沉落的島。島上的人不知是漫不經心，愚昧，或者無情無義，輕易把民主的成果承諾放煞。

但居然還有以後。有一天，胃痛停了，睡眠開始了。哭得再慘也還是獨立起來，收拾行李去更遠的地方。雪融的時候，跟人喝一杯啤酒，彷彿又有愛的可能。以後裡面國民黨居然輸慘了，不當黨產條例通過了，冤枉的死囚提起上訴。年輕人都醒了，美麗的女人們坐在街頭。資本家有一天，偶爾，不是每一次，必須低頭。臺北的房價居然也跌了。

太陽花運動後的縣市長選舉，我在凌晨四點起床看開票，票開好，天也亮了。我去學校跑步，跑著跑著，眼淚流下臉頰，風吹在臉上很涼。終於贏了，我真沒想到我能看到這一天。自少時就徒勞無功推行的石頭突然推上山頂，定睛一看，竟然有這許多人不知不覺地站到身邊。偏過頭對妳一笑。瞬間春暖花開，像是愛了很久的初戀，突然回頭愛妳。

這愛裡諸多不順依舊，比方說工時還是太長，政府繼續拆人房子，帝國的陰影持續傾斜；而我的體脂還是很高。然而信心逐漸生長出來。我見識過了這島的生命力，黑色的莓旺盛地繁衍，金色的花頂天立地開放。心碎心再生，新生觸感粉粉嫩嫩的。

以後還會有以後。以後可能黑暗還是會籠罩世界。地震颱風可能再次使天崩地裂，威權可能會以更加幽微偽善的臉孔出現。但以後還會有以後。我留下了見證的文字。有一天如果失望再臨，再傷心、再度輕言放棄，願這本書裡碎碎暖暖的記憶流金，提醒我們：我們曾經有過以後。以後裡我們繼續愛，繼續奮鬥。

這些文字從二十三歲寫到三十歲。以前我覺得自己是憤青，現在快要不是了。但憤怒張狂的青春以後，還愛這島，與島上的人。

攝影 / 洪可均

推薦文

臺北不只是臺北，女生不只是女生

苗博雅

這本書，從書名就很大膽。

第一次聽到許菁芳的名字，是還在臺大法律讀書時。我是個把時間都拿去戀愛、運動、讀書的死大學生，許菁芳是校園學生自治活動的積極參與者。

依稀記得那次學生會長選舉，雙方廝殺過程裡，出現了「許菁芳是民進黨派來的啦」的耳語，我覺得這種攻擊有點好笑（難道學生自治的參與者要對現實政治完全無知嗎），也直覺式地認為，這個敢在馬英九正夯、陳水扁正黑的年代，被貼上民進黨的標籤，還一直往前走的人，心臟還滿大顆的。

雖然當時沒去投票，後來也記不得「許菁芳」後來做了些什麼，但這個名字就此留在我的記憶裡。

放耳語的人都繪聲繪影地說，這些搞學生自治的，不單純，都是為了謀求自己的利益，以後就會去當幕僚、蹲地方、選議員、找機會往上跳，變成政客。

後來的後來，許菁芳出國讀書，走上學者的路（我知道，你可能會說學者就是政客的預備軍）。她開始更廣泛地寫作，寫人生、寫留學、寫性別、寫小故事、寫政治、寫愛情、寫分手、寫臺灣、寫在一起、寫中國。

如果，她是那些人所說的，政客預備軍，那麼，這樣的寫作對她是危險的。她永遠不會知道，這些年累積的字，何時會變成對手（或自己人）拿來插在她背上的箭。

她持續地寫作，累積成專欄作家，累積成一本書。

而且這本書叫「臺北女生」。

「臺北」是讓很多臺灣人又愛又恨的地方；「女生」夾在時代的縫隙也是進退維谷。「臺北」加「女生」，則是集各種羨慕嫉妒恨的大成。臺大法律夠菁英吧？還是芝加哥大學、柏克萊大學雙碩士？還住在加拿大?!還敢說自己是「臺北女生」！這種金光閃閃的菁英剖開內心世界，根本是絕對的政治錯誤呀！這種書，簡直是不知民間疾苦到了極點！

因此，我願意推薦這本書。

這個年頭，想好好當個「人」都不容易；想讓各種人的疑難、自我質疑、自卑、自信、痛苦、快樂被看見、被承認，都不容易。越是擁有菁英的表象，越難讓外界認知到：「她/他也只不過，是個（˙ㄍㄜ）人」。

菁英臺北女生，必須是個女性主義者，但也不能是個女性主義者，要很溫柔、很包容、很博學、很精確、胸懷天下、關心弱勢、勇敢正直、善解人意。一旦不小心顯露笨拙、平凡、普通、自利，只不過是像個平凡人，難免就會得到「哈哈哈，UCCU」的迴音。

我願意拿掉那副批判菁英臺北女生的眼鏡，將這本書當成一個「人」的輕聲細語（有時也會提高音量），一個「人」的所見所思。

讀這本書，我可以沒有負擔地看到一個被視為菁英的臺北女生，她的人生、愛情、政治，她沒有要推銷你任何東西，在這本書裡，你可以看到的，就是一個「人」。許菁芳的身分，集結了許多形成「易被酸體質」的要素，她曾經搞過學生自治、曾經得罪很多人、她應該要做得更好、應該要完美。這年頭，哪裡找得到這種敢公然傷春悲秋、稍微裸露內心小劇場的年輕女性知識分子呢。

我的推薦，不只是因為文字，更是因為許菁芳選擇了一條有趣的進路。一種在生活中實踐與庶民溝通的風格、一種學院菁英敢寫通俗作品任同儕以嚴厲眼光檢視的勇氣。作為一個政治工作者，我知道這麼做，不簡單、不輕鬆，我由衷感到佩服。

二魚文化　閃亮人生　B048

臺北女生

作　者　許菁芳
責任編輯　葉珊
美術設計　朱疋
行銷企劃　郭正寧
讀者服務　詹淑真

出版者　二魚文化事業有限公司
地址｜116 臺北市文山區興隆路四段165巷61號6樓
網址｜www.2-fishes.com
電話｜(02)29373288
傳真｜(02)22341388

法律顧問　林鈺雄律師事務所
總經銷　黎銘圖書有限公司
電話｜(02)89902588
傳真｜(02)22901658
製版印刷　彩達印刷有限公司
初版一刷　二〇一六年十二月
初版十一刷　二〇二三年二月
ISBN　978-986-5813-85-7
定價　三二〇元

題字篆印　李蕭錕

國家圖書館出版品預行編目 (CIP) 資料

臺北女生 / 許菁芳著 . -- 初版 . -- 臺北市 : 二魚文化 , 2016.12.
855　105019433
面 ; 公分 . -- (閃亮人生 ; B048)
ISBN 978-986-5813-85-7(平裝)